ANNETTE PEHNT

ALLE FÜR
Anuka

Mit Illustrationen
von Jutta Bauer

Carl Hanser Verlag

Annette Pehnt
Alle für Anuka

Für Lea, Iona und Jule

D ie Ferien sind vorbei, und sie waren so verrückt. Frau Gruner hat uns als Hausaufgabe gegeben, wir sollten etwas über unseren Urlaub schreiben, und es könne ruhig richtig lang werden. Ich weiß gar nicht, wo ich anfangen soll. Ein paar aus meiner Klasse haben gemeckert, weil sie nicht gern schreiben oder weil sie langweilige Ferien hatten oder weil sie immer meckern. Ich habe ein bisschen mitgemeckert, aber eigentlich fand ich es eine gute Idee. Nicht weil ich wild auf Hausaufgaben bin, sondern weil dieser Sommer ganz anders war als sonst. Und das kam so:

Wir waren im PalmenClub. Das ist der schönste, wärmste, beste Urlaubsort, den man sich vorstellen kann. Als ich noch klein war, sind wir schon mal dorthin gefahren.

Papa hatte bei der Arbeit Glück gehabt oder im Lotto gewonnen. Er kam jedenfalls irgendwann mit einem riesigen Blumenstrauß für Mama nach Hause, der aussah, als wäre er aus Plastik, und in dem Blumenstrauß steckten Flugtickets für uns alle drei zum PalmenClub.

Ganz ehrlich: Das war der schönste Sommer meines Lebens. Mein allererster Flug, und ich hatte gar keine Angst. Ich durfte sogar Cola trinken und bekam eine Tasche mit Malsachen geschenkt. Als wir am PalmenClub ankamen, war die warme Luft wie eine Hülle um uns herum. Ich konnte ja schon schwimmen und war den ganzen Tag im Pool, bis meine Füße und Hände verschrumpelt und meine Haut vom Chlor ganz aufgeweicht waren. Papa hat mir einen riesigen aufblasbaren Delfin gekauft, auf dem bin ich durch das glitzernde Wasser geritten. Am Buffet durfte ich mir zu essen holen, was ich wollte, und niemand hat etwas gesagt, das muss man sich mal vorstellen; ich glaube, Mama und Papa haben es noch nicht mal gemerkt. Auch wenn ich mir jeden Tag Pommes und Eis ausgesucht habe. Einmal musste ich sogar kotzen, so viel hatte ich gegessen. Nach dem Urlaub bin ich in die Schule gekommen, und immer mal wieder ist mir ein Kribbeln durch den Magen gewandert, weil ich aufgeregt war oder mich gefreut habe oder beides gleichzeitig. Die Fotos vom Palmen-Club habe ich mir neben mein Bett gehängt, und dort klebten sie lange an der Wand, bis sie irgendwann ganz blass waren.

Dann waren wir erst mal ein paar Jahre nicht viel weg. Es war eben nicht mehr so einfach mit dem Urlaub. Mama und Papa stritten sich, wohin sie fahren sollten, und Papa hatte gar nicht mehr viel Zeit, und ich sollte auf jeden Fall auch das Mathebuch und das Schreibheft mitnehmen, und eigentlich war der Palmen-Club zu teuer und zu weit weg.

»Man muss nicht immer um die halbe Welt fliegen«, sagte Mama, »wir können ruhig mal ein bisschen einfacher Urlaub machen. Philip, was ist denn zum Beispiel mit der Stadtranderholung oder mit den Pfadfindern?«

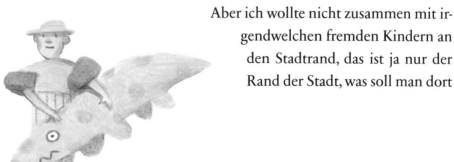

Aber ich wollte nicht zusammen mit irgendwelchen fremden Kindern an den Stadtrand, das ist ja nur der Rand der Stadt, was soll man dort machen? Erholen wollte ich mich auch nicht. Jedenfalls nicht am Stadtrand. Und die Pfadfinder haben dumme Halstücher und singen Lieder, die ich nicht kenne. Und im Sommer gehen sie auf Zeltlager und reden hinterher wochenlang von nichts anderem. Vor allem muss man als Pfadfinder schnell und gut in Form sein, und ich bin, wenn ich ehrlich sein soll, nicht der Schnellste. Beim Kicken kriege ich selten den Ball, und keiner reißt sich um mich, wenn sie eine Mannschaft wählen. Papa will manchmal mit mir trainieren, und ab und zu gehen wir zusammen auf den Platz und schieben einen Ball hin und her, bis Papa ungeduldig wird.

»Beweg dich, Junge«, ruft er dann, als wäre er ein Trainer oder so etwas. »Komm in die Gänge! Oder hast du Füße aus Blei?« Wenn ich dann lostrabe, ist es für Papa meistens nicht schnell genug. Er tänzelt um den Ball herum, als wäre er in der Champions League. Wenn ich dann daneben schieße, reißt er sich zusammen; er weiß ja, dass ich es wirklich versuche, da kann er kaum wütend auf mich sein. Wahrscheinlich hätte er halt lieber mit den anderen Jungen gespielt, die scharfe Pässe schießen und das Tor treffen können. Aber die sind eben nicht seine Söhne.

Deshalb wollte ich ja dieses Jahr endlich mal wieder in den PalmenClub, da habe ich meine Ruhe. Ab und zu mal eine Runde Schwimmen oder Kamelreiten, das ist genau richtig, finde ich. Also schlug ich es vor.

»Mein lieber Herr Sohn«, sagte Mama streng, »du bist schon etwas verwöhnt, weißt du das.«

»Aber du sagst doch selbst immer, dort hatten wir den schönsten Urlaub unseres Lebens«, habe ich gerufen und wollte schon das Fotoalbum mit den Urlaubsbildern holen, um es Mama zu beweisen.

»Aber das kostet eine Stange Geld«, seufzte Mama, »und das hatten wir damals.«

»Haben wir denn jetzt kein Geld mehr?«, habe ich gleich erschrocken gefragt. Solche Dinge sagen sie mir immer nur aus Versehen.

»Wir nagen nicht am Hungertuch«, sagte Mama, »aber bei Papa läuft es nicht so gut, und so ein Urlaub geht richtig ins Geld.« Da war ich erst mal ruhig. Aber ich wünschte es mir trotzdem. Der PalmenClub: raschelnde Palmenblätter und glitzerndes Wasser und abends ein bisschen Sonnenbrand auf den Armen. Die großen Nasenlöcher der Kamele und die Mädchen in den blauen Kleidern, die leise die Halle fegen und manchmal zu mir herüberschauen; Mama und Papa mit sonnenroten Gesichtern, die mit ihren großen buntgefüllten Gläsern anstoßen und sich anlächeln, als hätten sie sich gerade erst kennengelernt. Dort muss ich mit niemandem spielen und keinen Ball kriegen, und wenn ich schlafen will, rüttelt mich niemand wach, und wenn ich essen will, sagt auch niemand etwas, weil es umsonst ist.

»Umsonst nicht«, seufzte Mama. »All-inclusive heißt das.«

Abends hörte ich, wie sich Mama und Papa in die Haare kriegten. Sie versuchten, leise zu streiten, aber darin waren sie nicht be-

sonders gut; es schallte durch die Wand, bis ich mir die Decke über die Ohren zog.

Und dann flogen wir doch. Auf einmal. Ich habe versucht, nicht weiter darüber nachzudenken, ob wir genug Geld hatten oder doch lieber an die Nordsee fahren sollten und ob Papa enttäuscht war, dass ich nicht zu den Pfadfindern ging; eigentlich wollte ich mich einfach freuen wie immer.

Im Flugzeug steckte mir die Stewardess winzige bunte Stifte und ein Malbuch mit lachenden Piloten zu, als wäre ich noch im Kindergarten. Die Wolken fand ich auch nicht mehr so flauschig wie letztes Mal, da wollte ich nämlich am liebsten aus dem Flugzeug springen und auf ihnen herumhüpfen und konnte gar nicht glauben, dass sie nicht so weich waren, wie sie aussahen. Dann hat mir auch noch Papa aus Versehen seine Kaffeemilch über das T-Shirt gespritzt. Auf ihn war ich sowieso noch ein bisschen wütend, denn er hatte mir wirklich noch das Matheheft und die Englischvokabeln in den Koffer gelegt, und Mama wollte mich jeden Tag abfragen, das hatte sie schon angedroht. Papa hatte auch Arbeit mit und seinen Laptop und gleich zwei Handys, und Mama wollte beim Sportprogramm mitmachen und diesmal nicht nur faul in der Sonne liegen. Hoffentlich würden sie mir damit nicht kommen.

Aber als wir endlich ankamen und der bequeme Gästebus des PalmenClubs uns abholte und direkt vor dem Eingangsportal absetzte, klappte es endlich mit dem Freuen. Ich wollte am liebsten alles gleichzeitig, sofort in den Pool und an den Strand und zu den Kamelen, und Hunger hatte ich auch, ich wollte den ganzen Sommer Pommes essen, das hatte ich mir fest vorgenommen, die mag ich immer noch so gern wie vor fünf Jahren.

Während der Fahrer noch unsere Koffer und Mamas Sporttasche aus dem Bus holte, eilte die blonde Begrüßerin heraus, die vor fünf Jahren auch schon überall gleichzeitig gewesen war. Vielleicht war sie auch die Chefin, jedenfalls kannte sie unsere Namen, sie musste ein richtig gutes Gedächtnis haben. Ich wusste natürlich nicht mehr, wie sie hieß, aber sie hatte ein Namensschild an ihrer dünnen weißen Bluse: Susan. Mama und Papa plauderten mit ihr, als wären sie befreundet. Sie erzählte, was im PalmenClub alles noch größer und schöner geworden war, dass es nun eine Vitaldusche gab und einen Bouleplatz und eine Kinderbetreuung bis zum Nachmittag.

»Das wäre vielleicht was für Philip«, sagte Papa und schaute zu mir herüber. Das sollte wohl ein Witz sein. Ich wollte auf gar keinen Fall in diesen Kindergarten, sonst hätte ich ja gleich zu Hause in die Stadtranderholung gehen können. Ich wollte einfach nur abwechselnd braun, nass und satt werden. Susan strahlte uns an und winkte alle Gäste durch die Schiebetüren ins glänzende Foyer. Alles sah noch neuer aus als beim letzten Mal, obwohl ja eigentlich nicht nur wir, sondern auch der PalmenClub fünf Jahre älter geworden war. Zwischen den großen Vasen und weiter hinten an den Sitzgruppen fegten und polierten die Mädchen in den blauen Kleidern, die früher auch schon überall herumgewuselt waren. Dabei lag hier doch bestimmt kein Staub mehr. Ich wusste nicht, ob es noch die gleichen Mädchen waren wie damals, aber das konnte eigentlich nicht sein, sie wären ja jetzt fast erwachsen. Diese hier sahen eher so alt aus wie ich.

Damals hatte mich eine von ihnen aus schlimmer Not gerettet. Direkt neben mir an der Wand war eine haarige handgroße Spinne langsam entlanggewandert. Da war eines der Mädchen, das den Schrecken in meinem Gesicht gesehen hatte, gleich bei mir gewesen und hatte die Spinne mit einem Staubtuch einfach genommen und sie irgendwo draußen ausgeschüttelt, mit einem breiten Lächeln auf den Lippen.

Sie lächelten immer, und mir war immer komisch zumute gewesen, wenn sie mich fragten, ob sie mir etwas bringen könnten. Erstens weil sie Mädchen waren, und ich spielte halt nicht mit Mädchen und redete auch nicht oft mit ihnen. Zweitens, weil es komisch war, wenn mir die Kinder etwas brachten. Ich war ja auch nur ein Kind. Dass Mama mir alles Mögliche brachte, war ich gewohnt, aber bei Kindern war es anders. Die waren doch auch erst neun oder zehn. Die mussten es doch dumm finden, meine Diener zu sein. Ich weiß noch genau, dass ich sie damals angestarrt und gar nichts gemacht habe, bis sie weggegangen sind.

Einem Mädchen wollte ich damals sogar mein Handy schenken. Papa hatte mir nämlich ein neues gegeben, einfach so, und weil die Mädchen ja arm waren und sich bestimmt kein Handy kaufen konnten, wollte ich ihnen das alte geben, sie konnten es sicher brauchen. Kein Mensch braucht zwei Handys, außer Papa vielleicht. Mama will ja auch immer, dass ich etwas abgebe von meinen Sachen und an die Armen denke. Ich habe mich aber damals nicht getraut, zu den Mädchen hinzugehen. Also habe ich gewartet, bis eines von ihnen in meiner Nähe einen Tisch abräumte. Ich wollte es herüberwinken, aber meine Hand war so schwer, dass ich sie kaum heben konnte. Das Mädchen würde sicher denken, ich wollte etwas bestellen, aber ich hatte ja selbst auch kein Geld, genauso wenig wie es. Mir wurde heiß, von der Sonne, die mir genau ins Gesicht schien, aber auch von den komplizierten Gedanken. Gerade als das Mädchen mit einem vollen Tablett davonlief, hatte ich genug Mut gesammelt und rief: »Hallo!«

Ich hatte gar nicht gedacht, dass sie sich wirklich umdrehen würde. Aber sie stellte gleich das Tablett ab, wischte sich die Hände an ihrem blauen Kleid und kam lächelnd zu mir herüber.

»Jawohl, Sir?«, fragte sie. Nun wusste ich gar nicht mehr, was ich sagen sollte. Inzwischen würde mir schon eher etwas einfallen, aber damals war ich ja noch nicht mal in der Schule. Sie tat so, als wäre ich erwachsen. Sie holte sogar einen Stift aus der Tasche und zückte einen kleinen Block, als wollte ich etwas bestellen, genau wie ich gedacht hatte. Jetzt wollte ich nichts lieber als Papa und

Mama dabeihaben, die würden mir eine Limo bestellen, und alles wäre so wie immer. Schnell streckte ich ihr das alte Handy hin, um die Sache hinter mich zu bringen. Sie wollte es gar nicht nehmen, aber ich drückte es ihr einfach in die Hand. Sie war stur wie ein Esel, und dabei lächelte sie die ganze Zeit. Sie reichte es mir zurück und sagte leise etwas, das ich nicht verstand, ich konnte ja noch kein Wort Englisch. Ich schämte mich so sehr, dass ich fast losheulen musste. Das ist mir damals oft passiert. Dabei wusste ich gar nicht genau, warum. Das Mädchen zuckte mit den Schultern und lächelte mich an, aber diesmal war das Lächeln anders.

»Ich kann das Handy nicht nehmen«, sagte das Lächeln. »Aber danke. Alles in Ordnung.« Das Mädchen ging weiter. Gesagt hatte es nichts. Ich weiß es noch so genau, weil ich das alles überhaupt nicht verstand und weil ich danach wirklich losweinte, so sehr, dass ich eine ganze Weile nicht mehr damit aufhören konnte. Und wenn ich ehrlich bin, verstehe ich es immer noch nicht richtig: Ich meine, etwas zu verschenken ist doch eine gute Tat und ein altes Handy besser als gar keins, oder?

Mama und Papa wissen auch nicht richtig, was sie zu den Mädchen sagen sollen, in diesem Sommer nicht und damals auch schon nicht. Sie bedankten sich besonders höflich für alles, sie strahlten die Mädchen an, und sie gaben ihnen manchmal Kleingeld, das die Mädchen gleich in die Taschen ihrer blauen Kleider steckten. Als ich noch klein war, wollte ich unbedingt wissen, warum sie arbeiten mussten, statt auch im Pool zu schwimmen so wie die anderen Kinder, und warum sie nicht in die Schule gingen.

»Ich weiß nicht«, hatte Papa gemurmelt,»ich glaube, die haben Ferien.«

»Und warum arbeiten sie in den Ferien?«

»Sie sind viel ärmer als wir, sie müssen arbeiten«, hatte Papa erklärt, aber damit war es nicht aus der Welt. Ich blieb stur. Warum mussten die Mädchen blaue Kleider tragen? Welche Sprache konnte man mit ihnen sprechen? Und warum lächelten sie andauernd?

»Na, das hat man ihnen wahrscheinlich beigebracht«, hatte Papa gesagt.»Würde dir übrigens auch mal guttun.«

Jetzt, in diesem Sommer, war ich schon zehn, das ist etwas ganz anderes. Ich bin nicht mehr klein und dumm und schenke meine Sachen auch nicht mehr wild in der Gegend herum. Und die Mädchen in den blauen Kleidern konnten mir ruhig mal zulächeln, und wenn sie mir ab und zu etwas bringen sollten, würde ich nicht gleich im Boden versinken.

Die heftigste Strahlerin war immer schon Susan, die Begrüßerin, und in diesem Jahr konnte sie es noch besser.

»Die hat ja Wäscheklammern in den Mundwinkeln«, murmelte Papa, als Susan uns strahlend und plaudernd in unser Apartment gebracht und endlich die Tür hinter uns geschlossen hatte.

»Das könnte dir auch manchmal nicht schaden«, sagte Mama, und sie grinsten sich an. Das war kein schlechter Anfang für den besten Urlaub der Welt. Ich habe mich ans Fenster gestellt und hinausgeschaut. Die Aussicht ging auf die Tennisplätze und den Hinterausgang der Küche. Da trieben sich Unmengen von Katzen herum, stiegen zwischen den Essensresten und Pappkisten herum und strichen an den Müllcontainern entlang. Sie sahen alle dünn und struppig aus, mit schmalen Köpfen und spitzen Ohren. Ich hätte so gern ein oder zwei davon mitgenommen. Die hätten doch bei uns zu Hause ein viel schöneres Leben, mit richtigem Katzenfutter, und ich könnte ihnen gute Namen aussuchen. Zwischen den Katzen saßen zwei Küchenjungen und rauchten. Das durften die anscheinend, oder keiner merkte es. Bestimmt hatten sie auch schon Mofas und fuhren darauf durch die Gegend. Sie sahen nicht aus, als könnte ihnen jemand etwas verbieten. Da kam Mama zu mir auf den Balkon.

»Na, der Ausblick war auch schon mal besser«, seufzte sie, »vielleicht kann man da noch was machen«, und dann verbot sie mir noch, die Katzen zu streicheln.

»Du holst dir was, die sind sicher alle krank«, sagte sie, »fass die ja nicht an.«

Beim letzten Mal hatten wir vom Apartment aus direkt aufs Meer geschaut, und die Morgensonne hatte über dem Wasser gehangen wie eine frische Aprikose, sagte Mama jedenfalls. Wahrscheinlich fand sie das schicker als die Horde wilder Katzen bei den Mülltonnen.

»Mit diesen Ferienanlagen kann man eben Glück oder Pech haben«, seufzte sie.

Ich wollte nicht, dass sie sich beklagte. Kinder dürfen ja auch nie quengeln. Außerdem fand ich die Katzen schöner als einfach nur Wasser.

»Die haben alle Flöhe«, sagte sie. »Wetten?«

Abends im Speisesaal stießen wir auf den Urlaub an.

»Jetzt sind wir hier, da können wir es genauso gut auch genießen«, sagte Papa. Papa sagt manchmal gern Dinge, die sowieso klar sind.

Mama stieß ihm den Ellbogen in die Rippen und prostete ihm spitzbübisch zu. Dann schlenderten sie zum Buffet. Abends im PalmenClub ist die Tafel gedeckt, das glaubt keiner. Wie im Märchen: eine lange Tafel voller Schüsseln, dampfender silberner Schalen und Salaten auf Kristallplatten quer durch den ganzen Saal. Alles blitzt und duftet, und in der Mitte der Tafel leuchtet eine goldene Palme, das sieht aus, als sei sie direkt aus dem Essen gewachsen.

Die anderen aus meiner Klasse waren an der Nordsee, da gab es Hering, oder im Schwarzwald, da gibt es immerhin Schwarzwälder Kirschtorte. Manche auch in Italien, einer durfte in die USA, dagegen hätte ich auch nichts, wenn wir den PalmenClub nicht hätten. Der PalmenClub ist ein Schlaraffenland, und die Pommes sind so schön salzig wie sonst nirgendwo, und die warme Schokocrème mit den dunklen Stückchen und der Vanillehaube sah aus wie im Fernsehen. Die hatten bestimmt die Küchenjungen gemacht. Das konnten sie wahrscheinlich mit links. Die hatten es

gut, dachte ich, die arbeiteten im Schlaraffenland. Da wusste ich ja noch nicht, was alles noch passieren würde.

»Kriegen die Köche und die Hotelmädchen auch was von dem ganzen Essen ab?«, fragte ich Papa.

»Das hoffe ich ja wohl«, sagte Papa und hob vorsichtig einen prächtigen Spieß mit Krabben und Melonenkugeln zum Mund. »Man wird die ja wohl hier nicht verhungern lassen.«

»Die kochen es ja schließlich auch«, murmelte Mama kauend, »aber im Grunde ist es Kinderarbeit.«

»Jetzt lass mal gut sein«, murmelte Papa, »damit müssen wir uns nicht den Urlaub verderben.« Mama runzelte die Stirn, aber Papa redete schon weiter.

»Wisst ihr was, wir sollten uns mal ein Auto mieten, ich will auch Land und Leute kennenlernen. Früher bin ich immer mit dem Rucksack durch die Lande gezogen. Wir wollen ja nicht nur am Pool herumhängen, oder?«

Mama war dagegen.

»Viel zu gefährlich, wir kennen uns doch gar nicht aus. Es soll ja manchmal auch Überfälle geben, und weißt du noch, die Entführung vor einigen Jahren?«

Ich hätte gar nichts dagegen gehabt, ein bisschen entführt zu werden, auf Kamelen vielleicht oder in einem Jeep, ich würde mich schon wehren oder im richtigen Moment flüchten.

»Das ist kein Spaß, Philip.« Mama hatte immer noch ihre gerunzelte Stirn. Das kenne ich, wenn sie Zeitung liest oder Nachrichten sieht oder sonst über die Welt nachdenkt. Mama denkt, die Welt ist zum Stirnrunzeln.

Das war mir erst mal egal, ich wollte Kamel reiten gehen, und wenn Mama nicht mitwollte, dann eben allein, und wenn niemand auf mich achtgäbe, könnte ich ja einfach mal in die Wüste reiten und schauen, wie es dort so aussah und ob ich vielleicht entführt würde.

Anuka wachte jeden Morgen von alleine auf und sprang gleich in die Sonne hinein. Bevor sie ihre Brüder Stefane und Mo weckte, stellte sie sich ans Fenster, nahm ihre Katze Sommer auf den Arm und schaute nach draußen in den neuen Tag.

Anuka war Schönmacherin. Sie machte den reichen Leuten im PalmenClub die Ferien schön. Die kamen angereist mit ihren schwarz glänzenden Koffern und Lederbeuteln, Golftaschen und Schwimmsachen und mit schicken Sonnenbrillen, die sie sich ins Haar steckten. Sie wollten sich im PalmenClub erholen, aber Anuka fand, sie sahen schon ziemlich erholt aus. Dafür hatten sie dünne rosa Haut und kriegten sofort einen Sonnenbrand, obwohl sie sich dauernd mit Sonnenöl einschmierten. Anuka kriegte nie einen Sonnenbrand. Die Sonne gehörte zu ihr und weckte sie jeden Morgen, damit sie nicht verschlief. Stefane und Mo wollten morgens nicht aufstehen, sie rollten sich auf ihren Matratzen zusammen und jammerten und schimpften vor sich hin. Überall in den anderen Fenstern fing der Morgen an, und im Hof stritten sich die wilden Katzen um eine zerrissene Zeitung. Sommer reckte den Kopf und stellte die Ohren auf. Anuka lachte leise und setzte ihn auf den Boden. Mit beiden Fingern fuhr sie sich durch die Haare, die wuschelig vom Kopf abstanden, reckte sich auf die Zehenspitzen und streckte die Arme in die Höhe, bis ihre Finger kribbelten. Dann stellte sie das Brot von gestern und eine Schale Reis und die Mango vom Markt auf den Tisch und wischte die alten Krümel schwungvoll auf den Boden. Fegen konnte nachher Stefane, der sollte ruhig auch mal das Schönmachen üben; Anuka musste im PalmenClub noch genug fegen.

Stefane hatte Anuka vor ein paar Monaten die kleine Katze mitgebracht, einfach so. Sie lag still in Stefanes Arm, als würde sie schlafen, aber ihre Augen waren weit offen und schauten Anuka an. Ihr Fell war so weiß, dass es beinahe leuchtete. Ihr Schwanz hing lang herunter und zuckte ein bisschen an der Spitze. Sie war das Schönste, was Anuka jemals bekommen hatte.

Stefane hatte Anuka noch nie etwas geschenkt. Ihr großer Bruder Mo brachte ihr manchmal Apfelsinen vom Markt mit, die er im Müll gefunden hatte, weil sie eine braune Stelle hatten. So richtig freute sich Anuka nicht darüber, auch wenn Mo es gut meinte. Aber Stefane kam gar nicht auf so etwas, er kickte immer nur Bälle durch die Gegend oder Dosen oder Steine und rannte mit den anderen Jungen durch den Stadtteil. Er kam immer zu spät und vergaß alles und machte sich die Hosen kaputt. Deswegen dachte Anuka zuerst, das weiße kleine Bündel in seinen Armen wäre etwas zum Flicken oder Waschen. Das musste sie meistens für Stefane machen, seitdem sie allein wohnten, weil er zu unordentlich war, um sich richtig um seine Sachen zu kümmern. Wenn er ein Loch zunähte, sah es hinterher schlimmer aus als vorher. Aber als das weiße Ding sich bewegte und den Kopf hob, sah sie, dass es eine kleine Katze war.

Ihre Pfoten waren etwas dreckig vom Leben auf der Straße, und sie war dünn wie ein Stock. Stefane setzte sie auf den Küchentisch, wo sie einfach sitzen blieb und Anuka anschaute. Sie hatte spitze Ohren, viel zu groß für ihr winziges Gesicht, und einen knochigen leichten Körper, und hellblaue Augen, mit denen sie unverwandt in Anukas Augen blickte.

»Stefane, danke!«, rief Anuka immer wieder. Stefane zupfte verlegen die weißen Katzenhaare vom T-Shirt.

»Na ja, alles klar. Es hat so gemaunzt.« Anuka nahm das Kätzchen hoch. Eigentlich sollte niemand die Streunerkatzen anfassen, es gab so viele von ihnen, sie waren überall und schnappten sich die Essensreste und lagen zusammengerollt übereinander in den Ecken. Die meisten Leute jagten sie weg, und sie waren scheu und schlau wie kleine Räuber. Aber dieses Kätzchen war anders. Es wollte bei Anuka sein und sprang von allein auf ihren Schoß, und als sie ihm die verklebten Augen mit einem Lappen vorsichtig abrieb, hielt es ganz still und reckte sein Gesicht nach oben.

22

»Gehört sie mir?«, fragte Anuka Stefane.

»Na, wem sonst? Sie lag hinten an der Bushaltestelle in einem Karton«, sagte Stefane, »schau mal, wie klein sie ist. Und so dünn. Wir müssen uns um sie kümmern.«

Also gehörte die Katze jetzt Anuka und ein bisschen auch Stefane. Aber Anuka kümmerte sich am meisten um sie. Zuerst war sie so schwach, dass sie gar nicht selber fressen konnte. Sie lag mit halb geschlossenen Augen in der Ecke oder auf Anukas Stuhl und hob nur den Kopf, wenn jemand kam, um sie zu streicheln. Anuka musste ihr mit dem Zeigefinger kleine Stücke von weichem Brei ins Maul schieben, die fraß sie. Zum Trinknapf ging sie ganz langsam und schwankte dabei ein wenig. Aber es dauerte nicht lange, und sie wurde kräftiger, ihr Fell wuchs auch, und ihre Augen waren nicht mehr verklebt.

Anuka arbeitete schon lange im PalmenClub. John, der Hotelkoch, bewahrte ihr immer die Essensreste auf, und wenn sie die abholte, fragte sie nach Hühnchenknochen und Reis für die Katze. Mo brachte manchmal altes Brot vom Markt mit, das mochte die Katze auch.

»Das ist für uns, du Fresssack«, brummte dann Mo, aber er nahm es ihr nicht weg. Manchmal, wenn er glaubte, dass ihn niemand sah, streichelte er die Katze sogar hinter den Ohren.

Eine Zeit lang suchte Anuka nach einem guten Namen.

»Nenn sie doch Stefane, nach ihrem Retter«, sagte Stefane und grinste. Schließlich nannte Anuka sie Sommer, weil sie so weiß war wie das Mittagslicht im Juli. Inzwischen fraß Sommer alles, was Anuka ihr mitbrachte, so schnell auf, dass sie gar keine Zeit zum Kauen hatte, sie schlang es hinunter und leckte sich die Lippen ab. Ihre Augen blieben hellblau, auch als sie größer wurde. Wenn Anuka und die Brüder losmussten, ließen sie Sommer raus auf die Straße, und wenn sie zurückkamen, wartete sie immer vor dem Haus wie ein kleiner schmaler Hund. Man konnte sie auch rufen, dann kam sie mit wilden kleinen Sätzen angesprungen. Sie wuchs, aber ihre Ohren blieben so und sahen bald genau richtig an ihrem Kopf aus. Ihr Körper war auch nicht mehr so knochig und ihr Fell dicht und weiß. Anuka war stolz, dass sie nun ein Haustier hatten. Sie hatten zwar kein Haus dazu, aber in der Wohnung war genug Platz, früher waren sie ja noch mehr Leute gewesen. Drei Kinder und ein Haustier, das war doch eigentlich eine richtige Familie.

Der PalmenClub war ein feines Feriendorf, und trotzdem gab es auch dort eine riesige Schar wilder Katzen, die niemand füttern durfte. Keiner konnte sie verjagen, es waren einfach zu viele. Sie ließen sich nicht streicheln. Geschickt schnappten sie nach den Resten, die die Köche in die Mülleimer leerten, und wichen den Menschen aus. Da hatte Anuka mit Sommer mehr Glück. Es gab im PalmenClub aber auch richtige Haustiere. Die Gäste brachten sie mit, damit sie auch Urlaub machen konnten. Sie waren erlaubt, wenn sie sich benehmen konnten. Es gab kleine gelockte Hunde mit roten Lackhalsbändern und einmal auch einen Mops, der immer auf dem Schoß seines Frauchens sitzen wollte. Sie fütterte ihn mit allem, was sie sich vom Buffet holte, und sprach mit ihm, als wäre er ein kleines Kind. Er schleckte ihr die Finger ab und jaulte neben dem Pool, wenn sie ihre Bahnen zog, und wenn sie eine Runde unter den Palmen spazieren ging, watschelte er nebenher und schnaufte und keuchte wie ein alter Mann. Einmal pinkelte er in der Eingangshalle direkt neben die große Vase, und sein Frauchen lachte und zog ihn einfach weiter, und Anuka musste es wegmachen. Das würde Sommer niemals tun, er wusste, wo er hinpinkeln durfte, und schnaufen musste er auch nicht. Anuka holte schnell aus der Putzkammer einen Lappen und einen Schrubber und wischte die zähe gelbe Pfütze weg. Dann rieb sie noch ein paarmal darüber, bis der Boden wieder marmorweiß glänzte.

Es war ein prachtvoller Boden, und Anuka fühlte sich jedes Mal selbst einen Moment lang wie ein Gast, wenn sie darüber lief. Stefane könnte hier perfekt mit dem Skateboard üben, um die Säulen und die große Vase herum, an der Rezeption vorbei. Es dürften nur keine pinkelnden Möpse im Weg sein, und wenn, dann würde Stefane sie einfach über den Haufen fahren. Er konnte zwar gut lenken, er konnte auch Sprünge und eine Wende, aber auf dem Marmorboden wäre er sicher so schnell, dass ein Mops keine Chance hätte.

Genauso prächtig war der Boden am Pool, blaue und türkisfarbene kleine Fliesen, und an den Duschen war alles aus einer Art Gold, vielleicht keinem echten, aber alles glitzerte, und die Wassertropfen schimmerten auf der Haut der Gäste. Sogar die dicken hässlichen Gäste sahen im Wasser und unter den Duschen besser aus, ein bisschen wie große Fische. Ihre Bäuche konnten auch Walrücken sein, und das glitzernde Wasser machte alle schön. Ben wischte die Pfützen mit einem großen Wasserschieber weg, und manchmal schob er das Wasser direkt über Anukas Füße und lachte.

Für das Schönmachen kriegte Anuka Geld, und zwar richtig viel, so viel, dass Stefane und Mo davon genug zu essen und Schulsachen kaufen konnten. Jeden Freitagabend gab die Chefin Susan den Mädchen einen Schein in die Hand. Anuka strich langsam mit der Hand darüber. Es war ihr Geld, und einen Moment lang überlegte sie, was sie davon alles kaufen könnte: Ohrringe auf dem Markt, die großen mit den leuchtenden Perlen oder die kleinen silbernen mit dem gezackten Muster. Oder ein neues Skateboard für Stefane. Oder eine Sonnenbrille, die sie in ihr wuscheliges Haar stecken könnte, wie die Gäste. Katzenfutter für Sommer und alle Katzen im Hof, die hatten immer Hunger. Aber das war nur ein Spiel, sie wusste ja, was sie kaufen würden, langweilige Sachen, Brot, Papier, Stifte. Wenn sie später mal etwas zu sagen hätte, würde sie dafür sorgen, dass jeder diese Sachen geschenkt kriegte, dachte Anuka und rollte das Geld zu einer kleinen festen Papier-

rolle, damit es ihr auf dem Nachhauseweg nicht aus der Hand wehte.

Im PalmenClub trug Anuka ein leuchtend blaues, kurzes Kleid, das aussah wie eine Mischung aus Schürze und Uniform. Als sie es das erste Mal anhatte, fand sie es dumm, viel zu kurz und zu blau. Sie zog am Stoff, damit es wenigstens über die Knie reichte, aber es rutschte immer wieder hoch, und am Po schlug es hässliche Falten. Die anderen Schönmacherinnen im Feriendorf Palmen-Club hatten sich anscheinend daran gewöhnt; sie trugen alle diese Kleider, damit die Gäste sie erkennen und um einen Gefallen bitten konnten, wenn ihnen danach war. Das machten sie oft.

»Hallo, Kleine«, riefen sie und winkten ihr zu, das waren die Netten. »Kannst du mal einen Sonnenschirm holen?« Anuka holte schnell einen Schirm aus dem Nebengebäude, dort, wo all die Liegestühle, Sitzkissen, Tischdecken und Sonnenschirme gestapelt waren. Der Fuß des Schirmes war aus Beton, das schaffte sie allein nicht. Da musste Ben ihr helfen, oder die ganz netten Gäste machten es sogar selbst. Sie rollten sich den schweren Fuß herüber, und sie konnte den Schirm gleich hineinstecken und ihnen zulächeln.

Lächeln gehörte auf jeden Fall auch zum Schönmachen, es war sogar besonders wichtig. So wichtig, dass Kinder mit schlechten Zähnen gar nicht hier arbeiten durften. Anuka hatte schöne weiße Zähne, vorne etwas schief, aber das machte nichts, sagte Susan, die Lächelchefin. Hauptsache weiß. Susans Zähne waren nicht nur weiß, sondern auch so gerade wie die Palmen am Pier.

Überhaupt war sie die schönste Frau, die Anuka jemals gesehen hatte. Schöner sogar noch als Mama. Früher waren sie eine Familie mit einer Mutter gewesen. Aber das war schon lange her, und Anuka wusste nicht mehr genau, wie Mama ausgesehen hatte. Es gab von ihr nur ein Foto, auf dem sah sie aus wie eine ziemlich schöne Frau im Nebel, weil das Foto so unscharf und alt war. Obwohl Mama auf dem Foto lächelte, konnte Anuka ihre Zähne nicht erkennen, es war zu verschwommen. Wenn Susan dagegen lächelte, riss sie dabei ihre dunkelroten Lippen auseinander, die immer glänzten wie frisch mit Butter eingeschmiert. Anuka hatte es schon probiert und sich in der Küche von John etwas Butter stibitzt und auf ihren Lippen verrieben. Aber auf Anukas Lippen sah es nur aus, als hätte sie gerade ein Butterbrot gegessen.

Den Netten im Feriendorf lächelte Anuka oft zu, das war einfach. Aber den Nichtnetten musste sie auch zulächeln, das hatte Susan ihr und allen anderen Mädchen immer wieder erklärt. Dabei hätte sie ihnen eigentlich lieber die Zunge herausgestreckt oder in die Eisbecher gespuckt.

»Die Leute zahlen eine Menge Geld dafür, dass hier alles perfekt ist, versteht ihr«, sagte Susan. »Und ich zahle euch eine Menge Geld dafür, damit ihr alles perfekt macht. Ihr seid hier, weil ihr hübsch seid, und noch hübscher seid ihr, wenn ihr lächelt.«

Sie übten es sogar. Sie standen im Kreis,

und Susan zählte bis drei, dann mussten sie lächeln, bis ihre Mundwinkel zitterten. Anuka stand neben einem Mädchen, das nicht so lange durchlächeln konnte und zwischendurch kurz damit aufhörte. Susan merkte es sofort. Sie ging ganz nah an das Mädchen heran und fragte es: »Wie heißt du?«

»Valencia«, sagte das Mädchen.

»Valencia«, sagte Susan leise, aber so, dass alle sie gut hören konnten, »was meinst du, was ein Gast denkt, wenn du ihn anstrahlst, so«, und Susan strahlte auf einmal so leuchtend, dass alle Mädchen mitstrahlten, sogar Valencia, »und was meinst du, was passiert, wenn du plötzlich aussiehst wie ein gelangweilter Straßenköter, so?« Susan ließ die Mundwinkel fallen und glotzte Valencia an. Valencia musste fast lachen, das merkte Anuka.

»Das sieht komisch aus«, flüsterte sie.

»Genau«, sagte Susan leise und scharf. »Und wirst du dafür bezahlt, dass du komisch aussiehst?«

»Nein«, flüsterte Valencia.

»Na also. Ihr sollt schön aussehen, immer. Auch wenn euch ein Tablett auf den Fuß fällt oder jemand auf die Terrasse kotzt oder euch anschreit, ist das klar«, sagte Susan, und nun bekam sie auf einmal wieder ihr freundliches, glattes Gesicht. Anuka hatte Angst, dass sie das mit dem Tablett auch üben würden, aber Susan ließ sie gehen. Anuka zwinkerte Valencia zu, als Susan nicht hinschaute, und Valencia lächelte sie an. Eigentlich war ja nichts Schlimmes passiert, und doch hatte Susan seitdem ein besonderes Auge auf Valencia und raunte ihr immer wieder kleine Ermahnungen zu.

»Valencia, du musst langsamer gehen« oder »Du gießt die Gläser viel zu voll ein, Valencia« oder »Hast du nicht die Blätter im Foyer gesehen, die musst du gleich wegfegen«. Valencia machte alles, was Susan sagte. Aber es war nicht gut, von Susan gekannt zu werden.

Anuka jedenfalls versuchte, alles so schön zu machen, dass sie Susan gar nicht erst auffiel. Ihren Namen konnte sich sowieso niemand gleich merken, das war gut. Wenn sie irgendwo Blätter sah, holte sie schnell den Besen und fegte sie lächelnd auf. Wenn Asche von der Zigarette eines Gastes fiel, fing Anuka sie auf, bevor sie den Boden berührte. Wenn ein Gast sein leeres Glas zwischen den Fingern drehte, füllte Anuka es auf. Wenn auf die Sonnenterrasse Sand von den Füßen der Gäste gerieselt war, machte Anuka ihn rasch weg. Und vor allem: Wenn jemand gelangweilt oder müde in die Gegend schaute, stellte Anuka sich zwischen den Gast und die Gegend und lächelte, so schön sie konnte. Das klappte immer. Die Mundwinkel des Gastes hoben sich, als sei er Anukas Spiegelbild. Und wenn jemand lächelt, ist er nicht mehr müde oder gelangweilt.

Die Nichtnetten schnipsten mit dem Finger nach Anuka, oder sie ließen eine zerknüllte Serviette direkt vor Anukas Füße fallen und nickten ihr zu, damit sie den Müll vor ihren Augen aufhob. Oder sie brüllten nach ihr, wenn sie gerade das Foyer wischte oder die Bar mit einem weichen Tuch polierte. Jedes Mal stellten sich dann die kleinen Haare an ihren Armen auf. So war es immer, wenn sie sich ärgerte. Aber es half nicht, sie musste alles fallen lassen und gleich zu dem Nichtnetten hinrennen, das hatte Susan ihnen eingeschärft. Der nichtnette Gast musste denken, er sei der wichtigste auf der Welt, wie ein Star. Also rannte Anuka mit gesträubten Haaren hin und strahlte ihn an. Manchmal ballte sie dabei in der Tasche die Faust oder krallte die Zehen zusammen, das half gegen den Ärger.

Auch Frauen konnten nichtnett sein, sie brüllten vielleicht nicht, aber eine hatte schon mal eine Zigarette direkt auf dem Kaffeetisch ausgedrückt, weil Anuka zu lange gebraucht hatte, um einen Aschenbecher zu finden. Und eine, die immer feinen glitzernden Schmuck trug, hatte Anukas bewundernden Blick bemerkt und sich die Halskette abgenommen und sie ganz dicht vor Anukas Augen baumeln lassen.

»Na, Schätzchen, die hättest du gern, oder?« Anuka nickte, den Mund halb offen, sie war sich fast sicher, dass die Dame ihr die Kette gleich schenken würde, und das wäre wie Weihnachten und Geburtstag zusammen. Sie würde die Kette nur nachts tragen, wenn keiner sie sähe, und würde sich darüber freuen, wie sie im Dunkeln glitzerte und sie schön machte. Und dann würde sie sie verkaufen und das Geld nach Hause bringen, und es gäbe ein Fest. Die Dame pendelte mit der Kette vor Anukas Augen hin und her, schon wollte Anuka eine Hand danach ausstrecken, aber da schnappte die Dame mit einer flinken Bewegung die Kette wieder, ließ sie in ihrer Faust verschwinden und schnalzte lächelnd mit der Zunge.

»Na na na, Schätzchen, dir fallen ja gleich die Augen aus dem Kopf. Dir würde sie doch gar nicht stehen, weißt du.« Anuka wich zurück, und es dauerte eine kleine Weile, bis sie begriff, was die nichtnette Dame meinte. Kurz vergaß sie zu lächeln, sie sah den Spott in den bunt geschminkten Augen der Dame und den hässlichen faltigen Hals, den diese Kette auch nicht schöner machte, und dann erinnerte sie sich und ballte die Faust in der Tasche und fing mühsam an zu strahlen. Es war ein schiefes, zittriges, wütendes Strahlen, und sie drehte sich um und ging rasch davon. Erst hinter der nächsten Säule stiegen ihr Tränen in die Augen.

Manchmal lächelte sie auch für Stefane und Mo, die wirklich müde waren, wenn sie am Abend vom Markt oder aus der Steinhalle kamen. Sie saßen grau und mit dreckigen Füßen am Tisch, zu müde, um sich etwas zu essen zu machen. Anuka brachte ihnen ein paar Reste aus dem PalmenClub und stellte sie auf den Tisch, das aßen sie gleich auf, aber grau waren sie immer noch. Sie fingen erst an zu lächeln, wenn Anuka sie anstrahlte. Es war nicht das Schönmacherlächeln; für Mo und Stefane lächelte sie anders, kräftiger und echter.

Manchmal wünschte Anuka sich abends, einfach im Palmen-Club bleiben zu können. Ben, der am Pool und auf den Terrassen nach dem Rechten sah, wohnte dort in einem kleinen Zimmer neben dem Lieferantenparkplatz, wo die Katzen in den Mülltonnen stöberten. Und John, der in der Küche schon sehr früh anfangen musste, damit die Frühaufsteher ihr Frühstück bekamen, schlief auch oft da, auf einer Liege hinter den Umkleiden. Wo Susan nachts war, wusste Anuka nicht. Alle Mädchen, die sie kannte, zogen sich nach der Arbeit in den Umkleiden die blauen Kittel aus, still und schnell, weil sie so müde waren vom vielen Schönmachen. Sich selbst machten sie nicht schön, manche wuschen sich am Wasserhahn schnell die Gesichter, die Kochjungs schrubbten sich den Fischgeruch von den Fingern, keiner hatte Lust, etwas zu sagen. Dann rannten sie alle zu ihren Familien, und Anuka war oft die Schnellste.

Eine Zeit lang hatte sie überlegt, wie es wäre, wenn Susan ihre Mama wäre. Susan hatte sicher keine Kinder, sie war ja immer im Hotel und auf dem Tennisplatz und manchmal sogar vorne in den Ausflugsbussen, mit einem Mikrofon in der Hand, um den Gästen alles zu erklären. Die meisten Gäste wollten nur essen, schlafen und schwimmen, aber irgendwann langweilten sie sich und setzten sich einen Tag lang in den Bus, um Kultur zu sehen. So hatte es John Anuka erklärt. Anuka wusste nicht, was das bedeutete.

»Was wollen sie denn anschauen?«, fragte sie John, der es besser wissen musste, weil er schon so lang hier arbeitete und manche Gäste sogar kannte.

»Verstehst du, sie wollen unser Land kennenlernen«, sagte er, während er seine riesigen Töpfe im Blick behielt und die Kochjungs mit ihren weißen Käppchen um ihn herumflitzten, »das machen sie in einem Tag.«

»Und was machen sie an dem Tag?«, fragte Anuka.

»Sie sitzen im Bus«, sagte John, »und schauen aus dem Fenster und essen die Lunchpakete, die wir ihnen gemacht haben, und Susan erklärt ihnen das Land.«

»Aber Susan ist doch gar nicht von hier«, sagte Anuka. John zuckte mit den Achseln, er konnte sich nie so lange mit Anuka unterhalten, weil er immer kochte, das Essen hörte nie auf im PalmenClub. Aber Anuka war froh, dass er da war und mit ihr redete.

Jedenfalls hatte Susan sicher keine Kinder. Bestimmt hätte sie gern eine kleine hübsche Tochter, obwohl sie zu den Mädchen nicht besonders nett war, aber die waren ja auch nicht ihre Töchter und nicht mehr klein. Wenn Anuka Susans Tochter wäre, würde Susan sich ihren Namen merken können, und sie würde sie oft loben und ihr vielleicht auch über den Kopf streicheln. Nicht dass Anuka unbedingt über den Kopf gestreichelt werden wollte. Wenn die Gäste es versuchten, wich sie aus wie eine der dünnen Katzen am Parkplatz. Aber Susan hatte so schöne weiche Finger mit Nägeln wie aus Muscheln, und sie roch immer gut unter den Armen, und sie war schön, die Königin der Schönmacherinnen. Sicher hatte sie auch ein schönes Zuhause, eine Dusche vielleicht sogar und einen weißen Teppich, auf den niemand treten durfte,

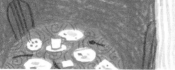

und eine Wiege für das Baby, das sie sich wünschte. Die Wiege bräuchte sie für Anuka nicht. Anuka könnte Sommer hineinlegen oder ihre Puppen, wenn sie welche hätte. Susan würde ihr Puppen kaufen, die so schön waren wie sie selbst und schöner, als Anuka es jemals werden könnte.

Aber Susan kannte ja noch nicht mal Anukas Namen, nur Valencia konnte sie sich merken, und obwohl Anuka froh sein konnte, dass Susan ihr nicht hinterherstarrte und auf den nächsten Fehler wartete, überlegte sie manchmal, wie sie Susans Blick auf sich lenken könnte. Nicht mit einem Fehler, sondern durch besondere Schönheit und ein Lächeln wie ein Magnet.

Anuka war einfach zu wenig magnetisch, und außerdem hatte sie ja eine andere Mama gehabt, die auch schön gewesen war, das sah man auf dem Foto, und das konnte sie jedem beweisen. In den ersten Wochen hatte sie sogar Mamas Foto mit ins Hotel genommen, als die Mädchen sich in der Halle versammelten und auf Susans Unterricht warteten, den sie Workshop nannte. Sie hatte es in der Tasche, weil sie Angst hatte, dass sie nichts verstehen würde, und weil es sich ein bisschen so anfühlte, als wäre Mama dabei. Einmal zog sie das Foto rasch aus der Tasche und schaute darauf und dann zu Susan. Wer war schöner, Mama oder Susan? Mama natürlich, dachte Anuka, aber sie schob das Foto schnell wieder weg, damit sie nicht zu lange grübeln musste. Sie hatte Mama schon so lange nicht mehr gesehen, und Susan sah sie jeden Tag.

»Mädchen«, rief Susan jeden Morgen, »willkommen zu unserem Workshop. Ihr lernt hier nicht nur, wie ihr eure Arbeit gut macht, sondern wie ihr im Leben vorankommen könnt. Deswegen kann ich euch nur raten, gut aufzupassen. Wir brauchen euch, damit es hier für unsere Gäste richtig schön ist. Ihr seid die Schönmacherinnen! Ihr seid wichtig!« Als Anuka das zum ersten Mal hörte, stiegen ihr die Tränen in die Augen. Das hatte noch niemand zu ihr gesagt. Und Susan sagte es so, dass Anuka ihr jedes Wort glaubte. Sie war zwar auch streng und schubste die Mädchen, wenn sie sich nicht schön genug bewegten und nicht schnell genug bückten oder wenn sie andere Fehler machten. Man konnte so viel falsch machen im PalmenClub. Aber was sie in den ersten Wochen jeden Morgen gesagt hatte, vergaß Anuka nicht. Sie wollte im Leben vorankommen, und sie wollte wichtig sein, und sie wollte eine gute Schönmacherin sein. Und wenn sich ihr manchmal die Haare auf dem Arm aufstellten und sie die Zehen einkrallen musste, dann gehörte das eben dazu. Und eigentlich wollte sie Susans Tochter werden und jeden Morgen und jeden Abend und jede Stunde für Susan wichtig sein. Sie wusste nicht, ob die anderen Mädchen das auch wollten. Jedenfalls hingen alle an Susans Lippen und gingen wie auf Zehenspitzen, wenn Susan gerade herschaute, und alle blühten auf unter Susans Blick. Susan blieb hart, sie ließ sich nicht einfach rumkriegen, aber auch das mochte Anuka, dass Susan Bescheid wusste und sich nichts vormachen ließ.

Einmal hatte ein Küchenjunge hinter Susan hergepfiffen, so leise, dass es auch der Wind hätte sein können oder eine Katze weit hinten auf dem Hof. Aber Susan hatte nicht nur scharfe Augen und eine spitze Zunge, sondern auch feine Ohren. Sie war herumgefahren, hatte sofort den Blick des Jungen gefunden, war mit zwei Schritten bei ihm und knallte ihm so heftig die Hand ins Gesicht, dass ihm der Kopf nach hinten schlug und das weiße Käppchen vom Haar flog. Der Junge duckte sich und verzog sein Gesicht, um loszuheulen. Susan beugte sich über ihn und fragte: »Wie heißt du?«

»Entschuldigung, ich wollte das nicht«, heulte der Junge, »sorry, es war nicht so gemeint.«

»Wie war es denn gemeint?«, sagte Susan leise, und noch bevor der Junge antworten konnte, griff sie seinen Kittel und schüttelte ihn und fragte, immer noch mit leiser Stimme: »Wie heißt du? Sag deinen Namen. Deinen Namen.«

»Tommie«, heulte der Junge.

»Tommie«, sagte Susan, »du kannst nach Hause gehen und brauchst nicht mehr wiederzukommen, und wenn ich dich noch mal hier sehe, passiert was.«

»Nein, bitte«, rief Tommie, »bitte, ich muss hier arbeiten, ich muss, wirklich, es tut mir so leid, bitte!«

Aber Susan war schon davongeeilt. Anuka stand hinter der großen Vase in der Halle. Ihr war heiß und etwas schlecht. Sie wusste, wie schrecklich es war, dass Tommie gehen musste, aber Susan war schön und stolz, eigentlich hatte sie recht, und Tommie war ein dummer, frecher Kerl.

Später traf sie Tommie draußen bei den Katzen. Er rauchte hastig eine Zigarette, obwohl er noch klein war.

»Woher hast du die?«, fragte Anuka mit einer strengen Stimme, die ein bisschen wie Susan klang.

»Ist doch egal«, murmelte Tommie. Jetzt tat er ihr wieder leid. Um ihn zu trösten, sagte sie: »Bestimmt kannst du morgen wieder kommen.« Da merkte Tommie wahrscheinlich erst, dass sie alles mitangeschaut hatte. Er wurde rot bis hinter die Ohren, sprang auf, warf die Zigarette in den Sand und rannte weg. Tommie kam nicht wieder.

Nach einer Weile hatten Anuka und die anderen Mädchen keine Workshops mehr, sondern mussten alles von allein so machen, wie Susan es wollte. Sie sagte auch nicht mehr zu ihnen, wie wichtig sie waren. Am schönsten sah sie aus, wenn sie zu den Gästen in den Bus stieg, lächelnd, mit einem kurzen weißen Kleid und hohen, klappernden Schuhen. Sie nickte nach links und rechts und nahm das Mikro, als ob sie ein Star wäre, der gleich anfängt zu singen. Dann schlossen sich die Türen hinter ihr. Anuka schaute dem Bus hinterher, der losfuhr ins Land hinein, und stellte sich vor, wie die Gäste ihre Sandwiches aus den Tüten mit der aufgedruckten Palme holten und Susan ihnen lächelnd die Welt erklärte. Dann hob Anuka die Zigarettenkippen auf, die die Gäste vor dem Einsteigen auf den Boden geworfen hatten.

Jeden Morgen um sechs wachte Anuka vor ihren Brüdern auf, wenn die Sonne ihr ins Gesicht schien. Sie war nicht die Älteste, aber die Schnellste und die Wachste, und sie dachte an vieles. Sie dachte meistens daran, nach Stefanes Schulsachen zu suchen, die er oft draußen auf der Treppe liegen ließ, und morgens gleich den Wasserhahn aufzudrehen, um zu sehen, ob Wasser da war. Sie dachte daran, Stefane die Haare zu bürsten, und seine Kleider flickte sie auch manchmal, aber das konnte er auch selbst, wenn Garn da war. Sie redeten nicht viel, morgens nicht, weil es zu früh, und abends auch nicht, weil es zu spät war. Einmal faltete Anuka aus Papier einen Lampenschirm, der aussah wie eine Glocke, den hängte sie über die Glühbirne am Esstisch. So war das Licht besser und freundlicher.

Im PalmenClub gab es Lampen, die so groß wie Palmen und auch so geformt waren, mit Blättern aus Gusseisen und Kokosnüssen und Glühbirnen in der Baumkrone. Auf der Terrasse glommen sie sanft, wenn der Abend über das Land kam. Dann saßen die Gäste oft am Pool und schauten zum Meer hinüber, wo die Sonne größer und saftiger zu werden schien, bis sie wie eine reife Aprikose ins Meer hineinrollte. Die Gäste klatschten und stießen mit Sekt an, den Anuka und die anderen Mädchen ihnen immer nachfüllen mussten. Sobald es ganz dunkel war, stellte Ben die Musikanlage an, und die Palmenlampen begannen zu glühen. Das war der schönste Moment im PalmenClub, und Anuka wünschte sich Stefane und Mo herbei, um ihnen zu zeigen, wie schön alles sein konnte, wenn man Geld hatte und im PalmenClub wohnte und die Fledermäuse durch den warmen Abend kurvten.

Aber Stefane und Mo waren um die Zeit noch in der Steinhalle. Gleich nach der Schule gingen sie dorthin, um zu arbeiten, und Anuka wusste, dass Mo oft auch gar nicht in die Schule ging. Sie fragte ihn aber nicht, denn sie war nicht seine Mama, und er hätte ihr auch nicht geantwortet. Er hatte eine tiefe, kratzige Stimme und sprach wenig. Dafür brachte er Geld mit nach Hause, das er in der Steinhalle verdiente. Er und die anderen Jungen klopften große Steinblöcke zu gleichmäßigen Rechtecken. Das war sicher schwer. Anfangs war Mo abends sofort eingeschlafen, wenn er zurückkam, er hatte sich gleich auf die Matratze geworfen und noch nicht einmal das Gesicht gewaschen. Das musste man aber jeden Abend machen, das hatte Mama ihnen doch beigebracht. Aber Anuka traute sich nicht, Mo zu ermahnen, weil sie die kleine Schwester war und weil sein Gesicht grau war vor Müdigkeit.

Nach einer Weile hatte Mo sich daran gewöhnt, er bekam kräftige Arme, alles an ihm war fest und stark. Wenn sie im Spaß mal rangelten und sich schubsten, musste er aufpassen, dass er sie nicht aus Versehen zu heftig in die Ecke schleuderte. Mo wäre im PalmenClub ziemlich aufgefallen, dort gab es niemanden, der so staubig und so stark war wie er.

Stefane war nicht so stark, und Anuka wusste nicht genau, was er nach der Schule in der Steinhalle machte, er war ja kleiner als sie und dünn, er konnte bestimmt keine Steine gerade hauen.

Wenn sie ihn fragte, wie sein Tag gewesen war, sagte er immer gut. Vielleicht fegte er den Steinstaub zusammen oder stapelte die Steine aufeinander, jedenfalls bekam er nicht viel Geld, aber er war stolz auf das, was er mitbrachte. Er legte es jeden Freitag auf den Esstisch neben Anukas Teller, als wäre es für sie. Anuka legte ihr Geld vom PalmenClub auch dazu, und Mo, wenn er da war, zog auch etwas aus der Tasche, vielleicht nicht alles, das wusste Anuka nicht. Anuka legte immer alles auf den Tisch, und dann teilten sie es in verschiedene Haufen, etwas fürs Essen, etwas in den Karton hinter der Matratze zum Sparen für Kleider, und etwas bekam jeder in die Tasche. In der Wohnung konnten sie einfach so bleiben, vielleicht hatte Mama sie gekauft. Nie kam jemand und fragte, und niemand verjagte sie.

Stefane hätte viel besser in den PalmenClub gepasst als in die Steinhalle, er war so hübsch, er könnte dort auch alles schön machen, genauso gut wie Anuka. Oder er könnte mit den Gastkindern Fußball spielen und Kopfsprünge in den Pool machen. Manchmal rieb er Anuka zwar Spucke aufs Brot, um sie zu ärgern, und abends sang er ganz laut mit, wenn die Nachbarn Radio hörten, und er wurde noch lauter, wenn er sah, wie es Anuka störte. Aber wenn sie nachts schliefen, lag er dicht neben ihr und nahm ihre Füße zwischen seine Füße.

Bevor sie im PalmenClub genommen wurde, war Anuka eine Zeit lang in die Schule gegangen, zusammen mit Stefane. Sie dachten, Mo könne genug Geld verdienen für alle drei. Stefane wollte nie zur Schule, auf dem Weg dorthin schlurfte er wie ein alter Mann und wurde immer langsamer. Dabei war er gar nicht dumm, er wusste viele Antworten, wenn die Lehrerin ihn fragte. Aber er tat immer so, als wäre es peinlich, etwas zu sagen. Er grinste den anderen Kindern zu und kippelte auf seinem Stuhl hin und her, bis er nach hinten umschlug, und dann lachten sich alle tot, und Stefane war zufrieden. Er wollte die Lehrerin nicht ärgern, aber er wollte, dass die anderen Kinder lachten. Vielleicht war das seine Art, ein Schönmacher zu sein. In den Pausen kickte er mit den anderen Jungen alte Dosen über den Hof und kletterte auf die Schulmauer und rief den Leuten, die vorbeigingen, freche Sprüche zu. Wenn sie sich ärgerten und zu ihm hochdrohten, tauchte er schnell ab hinter die Backsteinmauer und prustete vor Lachen.

Manchmal musste sogar die Lehrerin über ihn lachen, obwohl sie es nicht zeigte. Ihr Mund zuckte ein bisschen, daran merkte Anuka es gleich, und Stefane wusste es auch. Er wettete manchmal mit den anderen Kindern, ob er es schaffen könnte, sie zum Lachen zu bringen.

Einmal fing er einen Straßenhund ein und band ihm ein Schild um den Hals, darauf hatte er in großen schiefen Buchstaben geschrieben: Guten Morgen! Als die Lehrerin an dem Morgen in die Klasse kam und »Guten Morgen, Kinder« sagte, blieben alle mucksmäuschenstill. Sie wunderte sich und wollte gerade ärgerlich werden, dass niemand ihr antwortete, da stieß Stefane von draußen die

Tür auf und schickte den Hund ins Klassenzimmer. Der Hund stürzte bellend hinein, das Guten-Morgen-Schild flatterte hinter ihm her. Er rannte außer sich vor Aufregung um alle Tische und Bänke, pinkelte gegen das Pult der Lehrerin und raste wieder nach draußen. Die Kinder krümmten sich vor Lachen, und die Lehrerin hielt sich die Hand vor den Mund, erst dachten sie vor Schreck, aber sie lachte auch. Anuka dachte später noch oft an den Hund, wo er wohl jetzt war und ob er immer noch das Guten-Morgen-Schild am Hals hatte und damit die ganze Stadt grüßte.

Ein andermal schüttete Stefane ganz feinen Sand vom Strand auf den Boden, man sah ihn zuerst gar nicht, aber wenn man durch die Klasse ging, knirschte der Sand unter den Schuhen. Alle taten so, als wenn nichts wäre. Als die Lehrerin an den Tischen entlangging, um ihre Aufgaben zu kontrollieren, blieb sie plötzlich stehen, runzelte die Stirn und hob ihre Füße. Nachdenklich schaute sie die Kinder an. Alle blieben ernst. Die Lehrerin ging noch ein paar Schritte, bückte sich und strich mit dem Zeigefinger über den feinen Sand. Diesmal würde sie bestimmt nicht lachen. Das tat sie auch nicht. Stattdessen ging sie zu ihrem Pult, setzte die Sonnenbrille auf und legte die Füße hoch.

»Ach, ich bin am Strand«, seufzte sie, »wie schön. Ein bisschen Urlaub, einfach so. Stefane, hol doch mal Orangensaft für uns.« Stefane sprang auf und staunte. Dann klatschten alle, und Stefane rannte los

und holte an der Tankstelle kleine Päckchen mit Orangensaft und Strohhalmen, und eine Stunde lang redeten alle und lachten und tranken Orangensaft, wie im Urlaub.

Wenn Anuka Urlaub hätte, bräuchte sie keine Schönmacherinnen. Sie würde es sich selbst schön machen und an den Strand gehen und schwimmen lernen und zwischendurch Orangensaft trinken. Wenn sie darüber nachdachte, fing sie von allein an zu lächeln. Sie stellte sich alles vor wie im PalmenClub, nur umgekehrt: Die Gäste wären in der Küche mit weißen Kochmützen, oder sie trügen blaue Kleider und müssten ihr ein eiskaltes Glas mit Strohhalm an den Liegestuhl bringen. Neben ihr lägen Valencia und die anderen Schönmacherinnen mit riesigen Sonnenbrillen und lackierten Zehennägeln und natürlich Mo und Stefane, und Sommer trüge ein Halsband und eine goldbestickte Leine, und alle Streunerkatzen würden ihn glühend beneiden.

Aber Kinder ohne Mamas machen keine Ferien. Sogar im PalmenClub waren wenig Kinder. Und wenn, dann hatten sie eine Mama und einen Papa und manchmal sogar noch ein Kindermädchen. Sie mussten immer mit ihren Eltern herumsitzen, es sah ziemlich langweilig aus. Sie tippten auf ihren Handys herum und stritten sich, wer damit spielen durfte. Manchmal riefen sie sich sogar gegenseitig an, und das Klingeln sprang von Liegestuhl zu Liegestuhl. Abends, wenn es kühler wurde, spielten die Kindermädchen mit ihnen Ball, aber die meisten konnten schlecht fangen. Anuka konnte sich nur wundern. Stefane und seine Freunde fingen jeden Ball, egal, wer ihn warf. Die Gastkinder dagegen standen gelangweilt im Sand herum und streckten die Hände nach dem Ball aus wie kleine Babys. Wenn der Ball zu oft in den Sand gefallen war und sich niemand mehr danach bücken wollte, spendierten ihnen die Eltern einen Kamelritt und rannten nebenher und filmten alles. Oder sie sprangen so oft nacheinander in den Pool, bis sie von anderen Gästen schräg angeguckt wurden. Das würde Anuka auch machen, wenn sie Urlaub hätte und schwimmen könnte.

Wenn die Kinder Anuka und die anderen Schönmacherinnen sahen, starrten sie ihnen hinterher. Vielleicht fanden sie die blauen Arbeitskleider toll oder wunderten sich, dass die Mädchen so viel konnten. Sie konnten sogar Champagnerflaschen mit dem Korkenzieher öffnen und volle Tabletts mit Cocktails durch die Gegend tragen, ohne zu stolpern, und natürlich konnten sie lächeln, schöner und strahlender als alle Urlaubskinder zusammen. Aber wenn sie die Kinder auf ihren Liegestühlen anlächelten, konnte es auch passieren, dass die Kinder ihnen die Zunge rausstreckten oder den Finger in die Luft hielten. Das verstand Anuka nicht. Als sie es Stefane erzählte, schimpfte er auf die Kinder.

»Das dürfen die nicht, die gemeinen Biester«, fluchte er. »Wenn die das noch mal mit dir machen, komme ich und lege den Kindern Matschbananen unter die Handtücher. Dann sollen sie mal sehen. Oder ich mische ihnen Katzendreck ins Essen.«

»Ach Quatsch«, sagte Anuka, »das ist doch blöd. Die haben doch keine Ahnung. Die sind sicher nur neidisch, dass wir eine richtige Arbeit haben.«

Gemeine Biester waren jedenfalls nicht alle. Mit manchen hätte sie sogar gern gespielt, vielleicht mal ein bisschen die Handys ausprobiert, denn damit kannte sie sich gar nicht aus. Oder sie hätte ihnen gezeigt, wie man besser kickt und schneller rennt. Oder die Kinder hätten ihr beim Schönmachen helfen können, vielleicht wären sie sogar froh, nicht den ganzen Tag herumliegen zu müssen. Sie wusste gar nicht, in welcher Sprache sie miteinander hätten reden können. Irgendwie würde man es schon hinkriegen. Aber die Schönmacherinnen sollten ja sowieso nicht mit den Gästen sprechen.

Als sie noch in die Schule ging, fing Anuka schon an, ein bisschen im PalmenClub zu arbeiten. Statt Hausaufgaben zu machen, rannte sie hinüber und kriegte kleine Jobs, Postkarten zum Briefkasten tragen oder den Ausflugsbus innen staubsaugen. Es war nicht richtig anstrengend, und trotzdem war sie abends oft zu müde, um die Hausaufgaben noch zu schaffen. Stefane hatte sie auch nicht gemacht. Deswegen konnten sie auch noch gar nicht richtig lesen und schreiben, nur ein paar wackelige Buchstaben. Mo konnte es wahrscheinlich auch nicht, aber er musste ja auch nicht lesen können, um Steine auseinanderzuschlagen. Stefanes Freunde konnten es alle nicht, obwohl sie alle fast jeden Tag in die Schule gingen. Dafür konnten sie kicken wie die Profis, und streunende Hunde einfangen, alte Fahrräder reparieren und damit Rennen fahren, Muscheln vom Strand mit Goldfarbe ansprühen und auf dem Markt verkaufen und von den Gemüsehändlern alte Kürbisse und Mais stibitzen. Das brauchte Anuka nicht.

Als sie zum ersten Mal etwas in die Küche bringen musste und staunend in der Schwingtür stand, weil sie noch nie so eine riesige, blitzende Küche gesehen hatte, kam John mit seiner Kochmütze hinter dem Herd hervor, wo er gerade in drei Pfannen gleichzeitig große Fleischstücke briet. Über ihm dröhnte eine gewaltige Abzugshaube und saugte den Kochdampf nach oben. Um ihn herum schnitten die Kochjungs mit ihren weißen Käppchen Gemüse in Würfel. Sie konnten es so schnell, dass man gar nicht richtig sah, wie das Messer sich senkte und wieder hob; eine rasende Bewegung mit dem blitzenden Stahl, und die Zucchini und Auberginen und Kartoffeln spritzten in kleine feste Stücke auseinander. Anuka wunderte sich, dass so kleine Jungen schon so große scharfe Messer halten durften.

»Was willst du?«, fragte John und wischte sich die Hände an der Schürze ab. Er ging etwas näher an Anuka heran und schaute in ihr Gesicht.

»Ich soll Ihnen etwas von Susan bringen«, sagte Anuka schüchtern und wich ein Stück zurück.

»Dir«, brummte John kopfschüttelnd, wandte sich wieder zum Herd, der größer war als Anukas und Mos Matratzen zusammen, und rüttelte die Pfannen, damit das Fleisch nicht anbriet.

»Wie, dir?«

»Du kannst mich John nennen«, rief John über das Zischen des Fettes hinweg. Die Kochjungs arbeiteten weiter, aber Anuka sah, dass sie ihre Ohren spitzten.

»Wann bist du hier fertig?«

Anuka wusste nicht genau, was er meinte.

»Um sechs gehe ich nach Hause.«

»Dann kommst du noch mal hier vorbei«, sagte John, »und ich gebe dir was Leckeres mit. Oder brauchst du nichts zu essen?«

»Ja, doch, klar«, rief Anuka, »meine Brüder, die essen so viel, das glaubt keiner, und ich muss ihnen was kochen, und manchmal bin ich zu müde, und ich kann auch gar nicht kochen.« Auf einmal fiel ihr eine Menge Dinge ein, die sie John erzählen wollte: dass Mo keinen Reis mochte und Stefane keine Hirse, dass sie manchmal beides kochte, für jeden etwas, dass sie auf dem Markt die Reste sammelte, wenn die Händler die Stände abräumten, aber viele andere Kinder machten das auch, und oft gab es Streit und Rempeleien. Und dass sie nur noch einen Topf hatten, seitdem Stefane den anderen auf der Herdplatte vergessen hatte, bis blauer Rauch aus dem Fenster quoll, und dass sie deswegen Stefane gar nicht mehr an den Herd ließ und dass sie oft auch gar nicht kochten, sondern nur Stücke vom Brot abrissen und dazu die gekochten Hühnerknochen abnagten, die ihnen eine Nachbarin immer vor die Tür legte. Aber sie kam gar nicht dazu, mehr zu erzählen. John fuhrwerkte zwischen den Pfannen und

Töpfen herum, holte hier etwas vom Feuer und goss dort etwas ins kochende Wasser. Die Kochjungs sprangen hin und her, spülten, schnitten und putzten die Arbeitsflächen blitzblank.

Zögernd schaute Anuka noch eine Weile zu, dann ging sie zurück zu den anderen Schönmacherinnen.

Sie mochte Johns Küche. Am liebsten wäre sie Kochmädchen, dann könnte sie richtig kochen lernen und müsste nicht immer lächeln und das alberne blaue Kleid tragen, sondern ein weißes steifes Hemd und eines der frechen weißen Käppchen, die die Kochjungen immer schief auf dem Kopf sitzen hatten. Abends nach der Arbeit wartete sie vor der Schwingtür, ob John sich an sein Angebot erinnern würde. Sie war sich nicht sicher, ob John ihr wirklich etwas geben würde. Eigentlich müssten doch die Kochjungs auch alle etwas zu essen haben wollen, und John war ja nicht der liebe Gott, der allen Hungrigen etwas zu essen gab. Vielleicht durfte er es auch gar nicht. Aber um kurz nach sechs winkte John Anuka in die Küche und drückte ihr eine Tüte in die Hand. Darin waren warme Dosen und Päckchen, Anuka fühlte die Kochwärme noch durch die Verpackung.

»Du brauchst das ja nicht rumzuerzählen«, sagte John leise. »Weißt du, du erinnerst mich an jemanden. Wie heißt du?«

»Anuka.«

»Na, dann ab mit dir, Anuka. Und guten Appetit.«

Anuka musste lachen. John hatte es so lustig gesagt, übertrieben vornehm, wie die Abendkellner, die sich mit weißen Handschuhen über die Gäste beugten, eine makellose Serviette über dem Arm, und murmelten: »Bon appetit, Madame, Monsieur.«

An dem Abend hatten sie ein Festessen. Anuka packte alles aus, was John ihr geschenkt hatte, Reis mit Krabben, gesottenes Rindfleisch, Fischspieße mit gerösteten Paprika, Couscous mit Tomaten, alles war mit feinen Gewürzen gekocht und duftete wie im Restaurant.

»Woher hast du das?«, fragte Mo misstrauisch und stach mit einer Gabel in den Couscous. »Hast du das geklaut?«

Anuka wusste nicht, was sie sagen sollte. Natürlich hatte sie es nicht geklaut, sie hatte noch nie etwas geklaut, aber Mo war stolz und wollte vielleicht auch keine milde Gabe aus der Küche.

»Ich verrate es nicht«, sagte sie schließlich. Mo runzelte die Stirn, aber das Essen duftete so gut, und Anuka sah, dass ihm schon das Wasser im Mund zusammenlief. Er warf ihr noch einen strengen Blick zu, dann zog er eine Schale mit Fischwürfeln zu sich heran und fing an zu löffeln. Stefane hatte sich schon längst einen Haufen Gewürzreis in den Mund geschoben.

Anuka suchte in der Schublade nach den alten Kerzen, die sie aufbewahrten, falls der Strom ausfiel, und fand noch sieben Stummel. Sie stellte sie auf den Tisch und zündete sie an, und da sah es fast aus wie im PalmenClub, nur schöner, weil Stefane und Mo da waren.

»Wir brauchen mal anständige Teller«, murmelte Mo. »Aber wehe, du klaust die auch noch.«

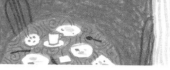

»Ich klaue nicht«, protestierte Anuka, aber streiten würde sie sich nicht mit Mo, dann sollte er eben denken, was er wollte.

Seitdem wartete Anuka jeden Abend auf ihre Essenstüte. Auch wenn sie manchmal erst sehr spät in die Küche kam, weil ein Gast auf der Terrasse eine Flasche zerbrochen hatte oder sie einer Dame, die sich beim Kamelreiten den Knöchel verknackst hatte, den Fuß kühlen musste, hatte John es nie vergessen. Wenn er sie sah, griff er nach der Tüte und reichte sie Anuka augenzwinkernd über die Schwingtür. Die Kochjungen hatten sich daran gewöhnt, sie schauten gar nicht mehr hoch, wenn sie Anuka sahen. Vielleicht gab John ihnen ja auch eine Tüte mit nach Hause. Oder sie naschten beim Kochen schon so viel, dass sie gar nichts mehr brauchten.

»Guten Appetit, Anuka«, sagte John jedes Mal mit einer vornehmen, lustigen Stimme, und ihren Namen hatte er sich auch gemerkt. Jeden Abend drückte Anuka die Tüte an sich und spürte die Wärme des frisch gekochten, duftenden Essens.

So wie bei Susan am Anfang wünschte sich Anuka auch bei John eine Weile, er könnte ihr Vater sein. Sie mochte es, wenn er ihr zuzwinkerte, während er ihr die Tüte mit dem Essen zurechtmachte, und wenn er ihr mit seinem freundlichen Blick hinterherschaute, wie sie losflief. Sie stellte sich manchmal vor, er würde sie in die Luft werfen, so wie Papas das vielleicht machen, und lachend wieder auffangen, und sie könnte vor Freude quietschen und »Noch mal, Papa« rufen, sie hatte das schon mal im Fernsehen der Nachbarn gesehen, was Papas mit Kindern so machten. Im Fernsehen gab es Papas, die tranken morgens einen frisch gepressten Orangensaft. Dann putzten sie sich die Schuhe, die sowieso sauber waren, noch blanker und fuhren zur Arbeit. Abends, wenn die blaue Dämmerung kam, hielt der schicke Wagen mit den großen Rädern wieder vor der Einfahrt. Die Papas, immer noch frischrasiert und mit blitzblanken Schuhen, stiegen aus, stellten Aktentasche und Laptop im Flur ab, der aussah wie in einem Hotel, und warfen ihre Kinder in die Luft. Dann tranken sie einen Drink und warfen die Kinder in den Pool, und die lachten und quietschten wie verrückt. Sie schwammen alle zusammen, bis sie keine Lust mehr hatten, während die Mama am Grill das Fleisch briet, damit sie alle zusammen Abend essen konnten.

Anuka sah bei diesen Sachen im Fernsehen ganz genau hin. Sie durfte nur ganz selten ferngucken, nur wenn die Nachbarn die Tür offen stehen ließen und gute Laune hatten. Stefane hörte dann immer schon im Treppenhaus, dass der Fernseher heute für alle da war. Er holte Anuka und ein paar Freunde, und andere Nachbarn kamen auch noch vorbei und die Kinder der Nachbarn. Alle drängelten sich möglichst unauffällig und still in die Wohnung. Wenn sie zu laut waren, warfen die Nachbarn sie mitten im Film raus. Die Mama-und-Papa-Filme merkte sich Anuka besonders gut. Vieles erinnerte sie an den PalmenClub. Da rannten die Papas auch oft mit ihren Kindern um die Wette bis zum Meer, oder sie spielten böser Walfisch und jagten die Kinder durchs Wasser, bis sie sie kriegten und in die Luft schleuderten. Viele Gäste im PalmenClub hatten auch Computer mit, kleine elegante Laptops, so dünn wie Anukas Schulhefte, die sie überall aufklappten. Sie lagen auf den Liegen am Strand und tippten auf den Laptops herum und passten auf, dass kein Sand zwischen die Tasten kam. Es musste ihnen wohl Spaß machen, sonst würden sie es ja nicht auch noch in den Ferien tun. Bei den Filmfamilien gab es immer leckere Sachen zu essen, die die Mamas in den blitzenden Küchen schon vorbereitet hatten. Die Mamas hatten fransige Frisuren und pralle rote Lippen. Keine von ihnen sah so aus wie Anukas Mama auf dem Foto. Was die Filmfamilien redeten, konnte man nicht genau verstehen, weil der Empfang in der Wohnung der Nachbarn sehr schlecht war, manchmal gab es nur blaue Pünktchen auf dem Bildschirm, und außerdem schauten ja alle möglichen Leute zu, das ganze Wohnzimmer war voll, und irgendwann vergaßen sie, ruhig zu sein, und quatschten dazwischen und amüsierten sich über die albernen reichen Filmfamilien.

Anuka fand das nicht so albern. Die Frisuren und die teuren Sachen vielleicht schon, aber die Papas und Mamas nicht. Sie redete dann hinterher noch wochenlang mit Stefane darüber. Stefane merkte sich immer die Autos und die Sportsachen. Anuka dagegen merkte sich die Blicke: wie lange der Papa die Tochter angeschaut hatte, wie viel Bewunderung in dem Blick lag, und wie sie sich anschauten, wenn die Eltern den Kindern gute Nacht sagten. Es gab ja auch genug Filme im Fernsehen, in denen keine Kinder vorkamen, aber die interessierten Anuka nicht so.

Jedenfalls gehörten John und Anuka irgendwie zusammen, mehr als Susan und Anuka. Das mit den anderen Mamas und Papas musste Anuka sich aber abgewöhnen. Sie hatte Stefane und Mo und jetzt auch noch Sommer, das war eben ihre Familie.

Susan gehörte jedenfalls nicht zu Anuka. Susan war die Lächelchefin und mehr nicht. John war der Kochchef, aber auch ein bisschen mehr, er sorgte für Anuka und ihre Brüder, und manchmal fragte sich Anuka, ob er das überhaupt wusste. Vielleicht könnte sie ihn mal zu sich nach Hause einladen, dann sähe er alles. Aber er würde bestimmt nicht kommen, sicher hatte er eine eigene Familie, und eigentlich war er sowieso immer im PalmenClub und hatte nie Feierabend.

Anuka wusste auch nicht, was Mo dazu sagen würde. Wahrscheinlich nicht viel. Aber Mo konnte auch, ohne zu sprechen, zeigen, was ihm nicht passte, so wie bei dem Essen von John. Einmal hatte Anuka von einer Dame im PalmenClub eine feine Bluse geschenkt bekommen. Sie war aus Seide und fühlte sich kühl und glatt an.

»Schätzchen, willst du die haben?«, hatte die Dame zu Anuka gesagt und mit der zartgelben Bluse gewedelt, als sie mit gepackten Koffern an der Rezeption stand. »Ich werfe sie sonst weg, sie ist beim Waschen eingelaufen. Aber vielleicht kannst du die ja

brauchen, du willst dich ja bestimmt auch mal hübsch machen.«
Anuka hatte genickt und die Bluse sofort genommen. Sie sollten
nichts von den Gästen nehmen, aber das war doch besser, als
wenn die Bluse im Müll landen würde. Außerdem gefiel sie Anuka sehr, sie war leicht und sah aus wie die Kleider der Mamas in
den Filmfamilien. Sie huschte gleich in die Umkleide und zog sie
über. Sie war immer noch etwas zu groß, schließlich hatte ihre Be-
sitzerin breite Oberarme und gewaltige Brüste gehabt. Aber sie
floss kühl um Anukas Schultern und fühlte sich fremd und vornehm an. Anuka lächelte sich im Spiegel zu. Abends zeigte sie
den Brüdern, was sie geschenkt bekommen hatte. Stefane klatschte Beifall.

»Oh Madame«, rief er, »du siehst aus wie ein Star, komm, ver-
beug dich!« Anuka knickste und verbeugte sich, und sie mussten
lachen. Gerade da kam Mo von der Arbeit und blieb in der Tür
stehen. Er starrte Anuka in der vanillegelben Seidenbluse an. Sofort hörte sie auf herumzutänzeln.

»Die hab ich geschenkt gekriegt«, erklärte sie und zupfte an
den fluffigen Ärmeln. Mo sagte gar nichts, auch nicht, dass ihm
die Bluse nicht gefiel. Er starrte Anuka noch einen Moment an,
dann wandte er den Blick ab und ging zum Waschbecken, um
sich den Steinstaub von den Händen zu schrubben. Anuka warf
Stefane einen Blick zu. Stefane grinste ihr aufmunternd zu, aber
Anuka hatte keine Lust mehr, in der Bluse zu tanzen. Sie zog sie
aus, faltete sie vorsichtig zusammen und bewahrte sie von da an

in einer Plastiktüte hinter Mamas alten Kleidern auf, die sie nie weggegeben hatten. So war das mit Mos Blicken.

Ein Junge im PalmenClub wollte ihr neulich auch mal etwas schenken. Er gehörte zu einer richtigen Familie, mit einem braun gebrannten Papa und einer gut frisierten Mama, und er kam spät im Sommer an. Seine Eltern schliefen im PalmenClub von morgens bis abends, oder sie aßen. Der Junge langweilte sich bestimmt, jedenfalls hing er manchmal auf den Sofas in der Eingangshalle, oder er guckte den Kameltreibern zu, und im Pool schwamm er hin und her wie ein eingesperrter Goldfisch. Er hatte wuscheliges Haar, das aussah wie Anukas Haar in Blond. Anscheinend fand er niemanden zum Spielen, und den Schönmacherinnen schaute er hinterher, als wollte er ihnen am liebsten helfen. Wahrscheinlich wollte er gar keinen Urlaub machen, sondern lieber etwas Richtiges erleben. Aber Anuka konnte ihm ja schlecht einen Besen in die Hand drücken. Dafür drückte er ihr einmal ein Handy in die Hand. Er hatte gewartet, bis seine Eltern in der Sauna waren, und auch sonst war niemand in der Nähe. Dann winkte er Anuka, als wollte er etwas bestellen, aber dabei wurde er ganz rot im Gesicht. Anuka stellte sich vor ihn und strich ihr blaues Kleid glatt und lächelte ihn an, als wäre er ein Erwachsener.

Der Junge schüttelte heftig den Kopf und sagte etwas in seiner Sprache. Er hielt sein Handy hoch und zeigte darauf, fast musste Anuka lachen. Dann schob er es ihr in die Hand.

Dazu erklärte er etwas, er war ganz aufgeregt und hatte rote Ba-
cken, als wäre er zu lange in der Sonne gewesen.

Anuka starrte auf das Handy. Es sah gar nicht alt aus, sondern
elegant und makellos. Sie schaute den Jungen an. Er nickte heftig
und machte Zeichen.

»Du willst mir das schenken?«, fragte sie fassungslos. Verlegen
zupfte er an seinen Haaren, so wie Stefane neulich an seinem
T-Shirt, als er Sommer mitgebracht hatte. Vielleicht machten Jungen das so, wenn sie etwas verschenkten. Anuka überlegte. Das
Handy fühlte sich gut in ihrer Hand an, aber wen sollte sie damit
anrufen? Und was würde Mo sagen, wenn sie wieder etwas Ge-
schenktes mitbrachte? Und wer würde für das Telefonieren be-
zahlen? Anuka drehte das Handy noch einen Moment lang zwischen den Fingern und spürte, wie schmal und leicht es war. Dann
reichte sie es dem Jungen. Er traute sich nicht, sie anzuschauen.

»Ich kann es nicht gebrauchen«, sagte sie leise.

Nun schaute er doch hoch. Sie wusste nicht, ob er sie verstehen
konnte oder nicht.

»Wirklich nicht«, sagte Anuka und lächelte ihn an. Diesmal war
es kein Schönmacherlächeln, sondern ein anderes, extra für ihn.

In den ersten Tagen hingen wir nur herum. Von Entführung und Kamelreiten keine Rede mehr. Mama und Papa waren in die Liegestühle gesunken und praktisch nicht mehr aufgestanden. So ist es meistens in den ersten Urlaubstagen, wie eine Krankheit, die sie erst mal rausschwitzen müssen. Ich hatte gar nichts dagegen. Das Vokabelheft und das Mathebuch hatte ich in das Schränkchen an meinem Bett geschoben, neben die Bibel, die schon dort lag, und da konnten sie auch erst mal bleiben, ich durfte sie nur am Ende der Ferien nicht hier vergessen. Mit den anderen Gastkindern war auch nicht viel los, sie saßen bei ihren Eltern und hörten Musik, oder sie kickten am Strand, aber da hielt ich mich lieber raus. Es gibt dann immer nur Ärger, wenn ich nicht schnell genug bin, das kenne ich schon. Einmal fragte mich einer, ob ich mitmachen wolle beim Federball, aber ich tat so, als könnte ich kein Deutsch verstehen. Die Wärme lag auf mir wie eine warme Decke, und mir fielen dauernd die Augen zu.

Manchmal schaute ich den Mädchen vom PalmenClub zu, die mit ihren blauen Kleidern herumliefen und immer lachten, es war schon fast unheimlich. Kein Spaß, hatte Mama gesagt. Und dann fiel mir die Sache mit dem Handy wieder ein, vom letzten Mal, als ich noch kleiner war, und wie dumm ich mich angestellt hatte. Eigentlich müsste ich das doch jetzt besser hinkriegen. Ich konnte ja sogar schon ein bisschen Englisch, und die Idee, dass man etwas abgibt an andere, die fand ich immer noch gut. Ich überlegte, wie ich es machen könnte: Ich würde das netteste Mädchen aussuchen oder jedenfalls das mit dem schönsten Lächeln, und dann würde ich ihm einfach erklären, dass ich mein Handy nicht mehr brauchte. Das stimmte eigentlich gar nicht, aber ich fand es sehr großzügig und mutig von mir, etwas wegzugeben, das ziemlich neu und wertvoll war. Natürlich wären Mama und Papa, die es mir zu Weihnachten geschenkt hatten, nicht begeistert. Deshalb durften sie es natürlich nicht mitkriegen. Also wartete ich, bis sie irgendwann zusammen in der Sauna verschwanden, Mama findet nämlich, Hitze ist das beste Mittel gegen Hitze, und Papa ging mit, weil sie in diesem Urlaub wieder mehr Gemeinsames erleben wollten.

Sobald sie weg waren, schaute ich mich um. Die meisten Liegestühle waren leer, weil viele Gäste mit dem Bus unterwegs waren, und Susan hatte nur ein Mädchen hier draußen eingeteilt. Sie stand hinten an der Poolbar, wischte über den Tresen und schaute ab und zu herum, ob jemand etwas brauchte. Der würde ich das Handy schenken. Mir war kribbelig zumute, weil es eben nicht so leicht ist, eine gute Tat zu tun, ohne sich dabei dumm zu benehmen. Ich zählte bis zehn und dann noch mal bis hundert, und mir wurde immer nur noch heißer, und das Kribbeln breitete sich bis in die Fußsohlen aus. Da beschloss ich, dass ich mich nicht so blöd anstellen würde wie damals, und winkte dem Mädchen einfach zu. Sie kam auch gleich angeflitzt, einen Stift in der Hand, als wollte ich etwas bestellen.

»Ich will gar nichts«, sagte ich auf Englisch, so gut es ging, »ich wollte dir nur was geben.« Natürlich war ich dabei rot geworden, aber das war ja jetzt egal. Gespannt schaute ich sie an, um zu sehen, ob sie mich verstanden hatte. Sie lächelte immer noch und schien zu warten. So kamen wir nicht weiter.

An ihrem blauen Kleid steckte ein Namensschild: Anuka. Wie ein Idiot zeigte ich auf mich und sagte langsam und etwas zu laut »Philip« und auf sie: »Anuka«. Das verstand sie natürlich, sie war ja nicht dumm. Das Lächeln verwandelte sich in ein Grinsen, das sehr lustig aussah. Auf einmal dachte ich, wir könnten uns sicher gut verstehen, und sofort hörte auch das Kribbeln auf. Mein Kopf war immer noch heiß, aber ich versuchte, nicht daran zu denken.

»Anuka, ich will dir was geben«, sagte ich und hielt ihr das Handy hin. Sie hörte auf zu grinsen und starrte erst mich an und dann das Handy. Ganz vorsichtig hielt sie es in der Hand, als wäre es aus Glas oder aus Marzipan.

»Es ist für dich«, rief ich, bevor sie es mir womöglich gleich wieder zurückgab, es gefiel ihr doch, so wie sie es anschaute und in der Hand wog, wie einen Schatz. Vielleicht hatte sie noch nie eins gehabt. Sie brauchte es bestimmt viel dringender als ich, und es war genau richtig, es ihr zu schenken. Eine Art Stolz stieg in mir hoch, dass ich sie nun kannte, diese Anuka, und ihr helfen konnte. Kinderarbeit, hatte Mama gesagt, immer am Pool bedienen und niemals reinspringen, was für ein Leben, nur gut, dass sie jetzt wenigstens schon mal ein Handy hatte.

Aber ich lag völlig daneben. Sie wollte es nicht. Sie schob es mir zwischen die Finger und schüttelte den Kopf. Vielleicht dachte sie, ich wollte Geld dafür haben?

»Ich schenke es dir«, rief ich, »nimm es doch, ehrlich, ich brauche es nicht, ich will gar keins, und du kannst es bestimmt gebrauchen.« Da merkte ich erst, dass ich Deutsch gesprochen hatte, sie verstand ja kein Wort davon, und es war auch egal, denn sie wollte es nicht, egal, welche Sprache ich sprach. Sie grinste mich wieder auf diese besondere Art an, und sagte leise etwas. Es hörte sich freundlich und sanft an. Wenigstens war sie nicht wütend. Und ich schämte mich diesmal nicht bis nach Australien. Sie nickte mir noch mal zu, als sie ging, und ich hob die Hand und steckte schnell das Handy weg. Als ich meine kühlgeduschten Eltern Hand in Hand aus der Sauna kommen sah, hielt ich mir ein Buch vors Gesicht.

Seitdem Tommie nicht mehr bei John in der Küche arbeitete, musste er sich jeden Morgen etwas anderes einfallen lassen. Seine Mutter weckte alle und kochte ihnen Getreidekaffee mit viel Zucker, und Tommie trank seine Tasse schnell herunter, als hätte er es eilig. Dabei lag der Tag vor ihm wie die flachen, trockenen Felder am Rande der Stadt, unendlich lang, heiß und leer. Und Geld verdienen musste er auch. Mama fuhr ihm mit feuchten Fingern durchs Haar. Dann musste er noch seine Hände zeigen, ob die Fingernägel kurz geschnitten waren, denn Köche mussten ordentlich und appetitlich sein, meinte Mama, sonst würde ja niemand das Essen mögen. Natürlich hatte sie recht. John schaute auch immer jeden Morgen als Erstes die Hände der Kochjungen an. Aber sie hatte eben keine Ahnung, dass Tommie jetzt ohne Arbeit war. Und sie durfte es auf keinen Fall wissen. Sie hatten in der Familie alles gut aufgeteilt: Tommie war im PalmenClub, Artur verkaufte auf dem Markt die Taschen, die Mama nähte, Leo schnitt in der Fabrik Fische klein, und Eva ging in die Schule. So war es gedacht, und so ging es. Tommies Arbeit war die beste, er brachte jede Woche einen großen Geldschein nach Hause und lernte etwas und stank nicht so erbärmlich nach totem Fisch wie Ben. Wenn sie Leo ärgern wollten, schnüffelten sie in die Luft und verzogen das Gesicht. Leo rieb sich jeden Abend mit einer Wurzelbürste und einer halben Zitrone die Hände und Arme ab, aber es half nicht viel, der Geruch war ihm in die Poren gekrochen und gehörte zu ihm. Artur neckten sie mit den Taschen, die klein und bunt und mit vielen Perlen bestickt waren. Sie hängten sich die Taschen über den Arm wie feine Damen und stöckelten durch die Wohnung und flöteten: »Artur, mein Schatz, wo ist mein Lippenstift?« Dann wurde Artur rasend, er riss ihnen die Taschen vom Arm. Einmal hatte er dabei eine Tasche zerfetzt, und Mama hatte ihnen alles weggenommen und das Abendessen den wilden Katzen hingeschüttet.

»Wenn ihr die Sachen kaputt macht, die wir zum Leben brauchen, gibt es nichts zu essen«, hatte sie leise gesagt, nicht wütend, eher enttäuscht. Das war schlimmer, als wenn sie richtig geschimpft hätte. Darum traute sich ja Tommie auch nicht, ihr von Susan und seinem Rausschmiss zu erzählen. Sie wäre sicher nicht wütend, sondern so enttäuscht wie noch nie. Schließlich war er der Glückspilz. Seine Kochhemden, die Mama jeden Abend in der Schüssel wusch und knetete, bis sie wieder fast weiß leuchteten, waren seine Ritterrüstung. Er hatte zwei davon, damit immer eins auf die Wäscheleine konnte. Eva zog sie manchmal über und spielte damit Gespenst oder Engel, aber sie passte immer gut auf, dass kein Fleck daran kam. Ganz rein weiß waren die Hemden nicht mehr, Blut, Bratensaft und Gemüsereste hinterließen ihre Spuren tief im Stoff. Eva starrte immer auf den großen herzförmigen Blutfleck an der Knopfleiste und fragte: »Warum ist es da so blutig?« Jedes Mal sagte Tommie: »Weil ich mit dem Drachen gekämpft habe, und als ich ihn mit der Lanze getroffen habe, hat sein Blut gespritzt.« Eva erschauerte und lachte vor Stolz. »War er dann tot?«

»Nein«, sagte Tommie, »er hat überlebt, und seitdem ist er mir treu und trägt mich überall hin, wenn ich will.«

»Und wohin willst du?«, fragte Eva.

Sofort riefen alle durcheinander und machten Vorschläge.

»In die Goldmine«, schlug Artur vor. Eva war für ein Zauberland mit weißen Pferden, und Leo wollte ihn ins Bordell schicken, aber er wollte nicht verraten, was es dort so Besonderes gab. Eva beobachtete ängstlich, was Tommie sagen würde, und er sagte immer das Gleiche: »Ich will nirgendwo hin, ich bleibe einfach bei euch.«

Vielleicht, hatte Mama mal überlegt, könnte er später ein Restaurant haben, in das die reichen Leute zum Essen kamen. Mama war immer ernst, aber sie hatte die tollsten Ideen. Wenn Mama erzählte, was sie alle später machen könnten, klang es wie ein Film. Sie selbst hätte vielleicht später eine Fabrik für teure Taschen.

»Solche wie die Handtaschen im PalmenClub?«, fragte Tommie. Mama nickte geheimnisvoll.

»Und noch viel schöner.« Sie würde fantastischen Stoff auf dem Markt besorgen und Knöpfe in allen funkelnden Farben, und Fransen und Spiegel, und daraus würden die Frauen in der Fabrik so teure Taschen nähen, dass sich alle darum reißen würden. Und die Frauen würden alle genauso viel verdienen wie sie, die Chefin.

»Und woran merken die dann, dass du die Chefin bist?«, wollte Tommie wissen.

»Denk doch mal an deine Chefin«, sagte Mama. »Woran merkst du, dass sie die Chefin ist?« Tommie dachte nach.

»Sie geht sehr schnell«, sagte er dann, »sie weiß immer, wohin. Und sie spricht irgendwie besonders deutlich. Und sie ist sehr schön. Ihre Zähne sind weiß und gerade. Und sie kann Leute rausschmeißen.«

Mama baute sich vor ihm auf, nahm die Schultern zurück, streckte die Brust vor und reckte sich in die Höhe. Sie sah stolz und groß aus.

»Ja, genau«, sagte Tommie, »das kommt schon ganz gut hin.« In der Familie war Mama sowieso die Chefin. Für Papa stand noch ein Bett in Evas Zimmer, aber er kam fast nie. Er war auf einem Boot und fing Fische für Leos Fischfabrik. An Land fand er sich nicht zurecht. Jedenfalls sagte Mama das, wenn sie fragten, wo er war.

»Wir vermissen ihn nicht«, sagte sie, »oder?« Leo, Artur und Tommie stimmten ihr zu. Auch Eva nickte, aber Tommie wusste, dass sie ihn doch vermisste. Er hatte ihr einmal ein Holzboot mit weißroten Segeln und kreisrunden grünen Bullaugen geschenkt.

»So sieht Papas Boot aus«, sagte Eva immer, und obwohl es sicher nicht so aussah, sondern klobig und aus rostigem Metall wie die anderen Fischerboote im Hafen, nickte Tommie und pustete in das Segel, bis es sich blähte.

»Jetzt fährt er schnell«, sagte Eva, »bis zu uns.«

Für Papa dachte Mama sich keine Zukunft aus, er hatte ja schon eine: Papa und Fischer sein.

Aber Artur sollte einmal Kaufmann werden und mit Apfelsinen handeln, weil er seine Sache auf dem Markt so gut machte und jeden Abend etwas mitbrachte, was er getauscht oder erhandelt hatte. Oft waren es Apfelsinen, die riesigen fleischigen, die man in der Hand zu Saft quetschen konnte. Den Saft musste Eva dann trinken, damit sie richtig wuchs. Tommie schabte ihr noch das Fruchtfleisch heraus und löffelte es ihr in den Mund.

»Er kann auch mit meinen Taschen handeln«, überlegte Mama, »ich muss sie ja dann unter die Leute bringen.« Sie sprach so darüber, dass es ansteckend war. Einen Moment lang glaubten alle, dass die Zukunft eine spannende Geschichte war, die man sich selbst ausdenken konnte – und dann wurde es wirklich so, vielleicht. Leo hatte Mama als Fahrer für die Lastwagen vorgesehen, die die teuren Taschen durchs Land fahren würden.

Und Tommie hätte eine hohe weiße Kochmütze und ein paar Kochjungs, die ihm das Gemüse klein schnitten. Und auf den Tischen stünden schöne weiße Teller aus Porzellan mit gefalteten Servietten. Tommie konnte Servietten so falten, dass sie aussahen wie Zipfelmützen. Oder wie Rosenblüten. Er brachte es auch Eva bei, die sich die Serviettenblüten in ihr Haar steckte. Und in den Fenstern stünden Kerzenleuchter mit schlanken weißen Kerzen. Und im Eingang wartete ein kleines Mädchen, das den Gästen den Mantel abnähme. In der glänzenden Küche wäre Tommie in seinem weißen Hemd und zauberte Soßen, die wären so lecker, dass manche Gäste sogar die Teller ableckten, obwohl es ein sehr vornehmes Restaurant war. Aber Teller ablecken war ausdrücklich erlaubt.

Tommie konnte schon eine Menge. Er hatte Glück im Leben und brachte der Familie Glück, und so sollte es bleiben. Und jetzt hatte er einen Fehler gemacht. Und der war bestraft worden. Ein

Pfiff zur falschen Zeit, raus aus dem Glücksparadies. Als Susan ihn rausgeworfen hatte, stand er weinend neben der Schwingtür. John legte ihm einen Augenblick lang die Hand auf die Schulter.

»Kann ich nicht doch bleiben?«, hatte Tommie geschluchzt. Aber John hatte den Kopf geschüttelt. Und dann hatte er noch die Augen zur Decke gerollt, als wollte er sagen: »Susan spinnt, und wenn ich könnte, wie ich wollte, würdest du natürlich hierbleiben.« Aber er hatte es nicht gesagt, und kein Wunder war passiert, um Tommie zu retten. Er musste einfach seine Sachen aus dem Schränkchen in der Umkleide holen und gehen. Viel hatte er nicht, nur Kaugummis, ein paar Pflaster von Mama, falls er sich in den Finger schnitt, und ein winziges Motorrad aus Blech, das hatte er einmal auf dem Parkplatz gefunden. Es war sein Glücksbringer. Er steckte es in die Tasche, obwohl es ihm diesmal kein Glück gebracht hatte. Die Kochjacken rollte er in eine Plastiktüte und versteckte sie in dem stacheligen Gebüsch neben den Parkplätzen, denn sie wegzuwerfen kam nicht infrage, und mit nach Hause nehmen konnte er sie ja nicht.

Die Jungs pfiffen immer den Mädchen hinterher. Sie hatten es von den größeren abgeschaut, die machten es auch so. In der Stadt, an den Plätzen und auf dem Markt war ein großes Gepfeife. Die Mädchen wussten es, vielleicht mochten sie es sogar. Es war lustig, sie warfen den Jungs freche Blicke zu, zupften an ihren Röcken und fluchten ein bisschen, aber sonst passierte nichts Schlimmes. Niemals durfte man älteren Frauen hinterherpfeifen, das wusste Tommie, man konnte eine Ohrfeige kassieren. Aber es war ihm herausgerutscht, als Susan vorübergerauscht war. Sie benahm sich immer wie ein Filmstar, und ein kleiner Pfiff musste sie doch gar nicht aufregen. Wenn man so herumrannte wie Susan, immer auf dem roten Teppich, dann musste man eben mit Pfiffen rechnen. Eigentlich war der Pfiff sogar ein Kompliment, wenn auch ein dummes. Aber nicht so dumm, dass sie ihn deswegen gleich rausschmeißen musste. Er hatte sich ja sofort entschuldigt. Nun mussten die anderen Kochjungs ohne ihn zurechtkommen. So schnell würde John keinen finden, der so gut war wie er. Er wollte nicht angeben, aber beim Kochen wusste er, was er konnte. Er konnte Karotten schneiden, so schnell und so regelmäßig wie eine Maschine. Und seine Kartoffelstifte sahen aus wie mit dem Lineal gemessen. Und Nachtische konnte er auch gut, die Zitronencreme schaumig schlagen, Sahnehauben auf den Pudding setzen, Mousse au Chocolat rühren, bis sie so luftig war wie eine dunkle Wolke. Das mit dem Pfeifen würde er ab jetzt schön bleiben lassen. Und zu Hause musste er weiter der Glückspilz in der weißen Ritterrüstung sein, für Eva, für Mama, für alle. Vom Geld ganz zu schweigen. Mama nickte ihm immer zu, wenn er am Freitag Abend das Geld auf den Tisch legte. Sie tat es so ernst und stolz, dass er merkte, wie groß er war und wie wichtig.

Aber das konnte er ja niemandem erklären, und es half nicht, darüber nachzudenken. Ihm fiel ein, dass er sich einen Grund ausdenken musste, warum er die Hemden abends nicht mehr mit nach Hause brachte. Und einen Grund, warum er kein Geld mehr verdiente. Und einen Grund, warum er kein Restaurant eröffnen konnte. Ab jetzt war seine Arbeit nicht mehr zu kochen, sondern sich Gründe auszudenken. Ab jetzt war er ein Geschichtenerfinder. Und das hatte er sich nicht ausgesucht.

Eine Weile wartete er noch am hinteren Küchenausgang, dort wo die vielen Katzen sich um die Reste stritten, die John ihnen hinwarf. Er wusste einfach nicht, wohin er jetzt gehen sollte. Ein bisschen hoffte er auch, dass John ihn wieder hineinwinkte oder dass er sich einfach hineinschmuggeln könnte – vielleicht würde es ja niemandem auffallen, wenn er einfach so wie immer die Kartoffeln schneiden würde. Oder Reisbällchen formen, das konnte er auch gut. Er wusste sogar, welche Gewürze gut passten, und die Soße würde er vielleicht auch hinkriegen, wenn John ihn ließe, aber an Soßen durfte niemand heran außer John, da war er streng. John war auch sonst streng, er schimpfte mit den Jungs, wenn sie nicht sparsam genug schälten, und wer beim Naschen erwischt wurde, kriegte eins auf die Finger, und wer morgens mit einem dreckigen Kochhemd in die Küche kam, wurde gleich wieder weggeschickt. Aber Tommie wusste auch, dass er den Kindern, die es noch mehr brauchten als Tommie, Essenspakete mit nach Hause gab und dass er die Katzen fütterte und dass er, wenn im Radio gute Musik kam, mitsummte und manchmal sogar ein paar Tanzschritte machte. John wäre ein guter Vater, hatte Tommie manchmal gedacht. John würde sich nichts gefallen lassen, aber er würde sich um seine Kinder kümmern, so wie sie es brauchten.

Jetzt konnte sich John nicht mehr um ihn kümmern. Auf einmal fühlte sich Tommie so verlassen und hilflos wie eine der kleinen Katzen, die immer wieder im Müll geboren wurden und halb blind durch die Pappkartons und Kartoffelschalen krochen. Er lehnte sich an die Wand und schloss die Augen. Durch die Fliegengitter vor den offenen Fenstern hörte er die anderen Kochjungs leise reden und pfeifen und das Radio im Hintergrund. Das Einzige, was er wollte, war, wieder dort hineinzugehen und weiterzuarbeiten, so wie immer.

Jeden Morgen war es nun das Gleiche. Tommie, der Geschichtenerfinder, erzählte Mama, Artur, Leo und Eva, was er am Tag machen würde, welches Fleisch er würfeln, wie viele Kürbisse er anbraten und wie viel Salat er putzen würde. Er erzählte von den anderen Kochjungs, von ihren Witzen und dummen Ideen und dass sich einer in den Finger geschnitten und John ihm einen prächtigen weißen Verband gemacht hatte. Er erzählte Eva von den Katzenbabys und dass er eines besonders mochte, ein weißes, das er mit den Fischköpfen aus der Küche fütterte.

»Kannst du es mit nach Hause bringen?«, fragte sie sehnsüchtig.

»Jetzt ist es noch zu klein«, sagte Tommie, »es hat ja auch genug zu essen im PalmenClub.«

»Aber ich würde es gern streicheln«, seufzte Eva.

»Vielleicht nehme ich dich mal mit«, sagte Tommie, »dann kannst du es streicheln und dir einen Namen ausdenken.« Mama schüttelte den Kopf.

»Es gibt doch sowieso zu viele von den Viechern«, murmelte sie, »und Läuse haben die auch allesamt.« Aber sie lächelte dabei und hörte Tommie weiter zu.

Er erzählte ihnen von den schönen reichen Gästen, was sie anhatten und was sie aßen und wie laut sie lachten. Er beschrieb ihre neuen Leihwagen und den Schmuck der Damen und ihre Tauchausrüstung und wie lustig sie aussahen, wenn sie auf die Kamele stiegen.

»Sie brauchen Leitern, um hochzukommen«, erzählte er, »und wenn sie oben sind, wollen sie gleich wieder runter. Dann fotografieren sie sich gegenseitig. Und hinterher geben sie den Kameljungs Geldscheine, weil sie so froh sind, heil wieder auf dem Boden zu landen.« Schade, fand Leo, dass er kein Kameljunge war.

Dann überlegten sie, was sie tun würden, wenn jemand sie zu einem dicken fetten Urlaub einlud.

»Du meinst, in ein Hotel?«, fragte Eva. »Wie den Palmen-Club? Ich würde die Kamele

streicheln. Und ich würde die Katzen streicheln. Vielleicht würde ich auch eine mit nach Hause nehmen. Und gibt es dort Kakao?«

»Klar«, sagte Tommie, »so viel du willst. John würde ihn für dich machen oder ich, eine große Tasse voll, mit Sahne.«

Leo würde surfen und natürlich auch tauchen, mit einer richtig teuren Ausrüstung. Er würde sich Motorräder und Jeeps ausleihen und vielleicht auch Drachen fliegen und segeln, wenn der Wind gut wäre.

Artur würde sich schon zum Frühstück einen riesigen Hamburger bestellen und dann in den Pool springen und den ganzen Tag drinbleiben. Er wollte immer Geschichten vom Pool hören, obwohl Tommie ja dort nie war und eigentlich nicht genau wusste, wie es aussah, aber er dachte sich etwas aus: Er erzählte von der Dusche mit dem goldenen Wasser, das an der Haut haften blieb wie ein glänzender Schleier, von dem Schwimmstrudel, in dem man sich auf dem Rücken treiben lassen konnte, von den Delfinen, die manchmal zu Besuch kamen, und von den Kindern der Gäste, die gar nicht schwimmen konnten und orangene Schwimmflügel brauchten wie Babys. Artur lachte sich kaputt.

»Die können gar nicht schwimmen? Wirklich nicht?«

»Keiner von denen«, bestätigte Tommie. »Sie sind zu faul, verstehst du. Sie hängen lieber mit ihren Schwimmflügelchen im Wasser und planschen ein bisschen, und wenn sie aus Versehen untertauchen, strampeln sie mit den Beinen, als würden sie absaufen.« Artur konnte sich nicht halten vor Lachen.

»Wie Babys«, kicherte er, »obwohl die schon groß sind. Kann ich da auch mal schwimmen?«

»Vielleicht später mal«, sagte Tommie, und einen Moment lang wurde ihm heiß, weil er log und niemals zurück in den Palmen-Club konnte, und selbst wenn, könnte Artur niemals im Pool schwimmen. Tommie fühlte sich mit seinen Geschichten wie ein Seiltänzer, der über einen tiefen Abgrund balanciert. Solange sie ihm glaubten, schaffte er es immer wieder, aber ein Windstoß würde ihn vom Seil fegen, das war klar.

Schon ging der Hochsommer vorüber, es wurde etwas leerer im PalmenClub, und Stefane wurde krank. Eines Morgens lag er still und heiß neben Anuka im Bett und wollte nicht aufstehen, auch nicht, als sie ihn heftig rüttelte und ihm ins Gesicht blies. Davon wachte er sonst immer auf, sprang hoch und schimpfte. Aber diesmal drehte er nur seinen Kopf weg. Seine Augen waren offen, aber er schaute Anuka nicht an.

»Stefane«, sagte Anuka leise und dann etwas lauter, »Stefane, was ist mit dir? Komm, steh auf. Wir müssen los. Was hast dui? Soll ich dir etwas zu trinken bringen?« Stefane schüttelte den Kopf und rührte sich nicht. Anuka hätte am liebsten Mo gefragt, was sie machen sollte, aber er war schon in der Steinhalle. Sie durfte nicht zu spät zum PalmenClub, es war schon Frühstückszeit, sie musste den verschlafenen Gästen ihre Zeitungen bringen und Orangensaft nachschenken und die Krümel von den Tischen fegen. Morgens war Susans Blick besonders scharf, sie sah alles, jeden Krümel und jeden Kaffeespritzer. Die Eile brannte Anuka im Magen.

»Stefane, pass auf, ich muss in den PalmenClub. Ich komme nachher und schaue nach dir, ja?« Sie stellte ihm ein Glas Wasser ans Kopfende und legte ihm Sommer auf den Bauch. Aber das half auch nicht, er hatte die Augen schon wieder zu und schien Sommers weiches Fell gar nicht zu spüren. Anuka zögerte in der Tür, bis sie nicht mehr länger warten konnte. Als sie aus dem Haus lief, hatte Stefane noch nicht einmal den Kopf gehoben.

Sie kam etwas zu spät in den PalmenClub, rannte in die Umkleide und zog sich heftig schnaufend das blaue Kleidchen über. Sie versuchte, langsamer zu atmen. Die anderen Mädchen waren schon längst im ganzen Club verteilt und machten alles schön. Schnell holte Anuka einen Lappen aus der Küche und fing in der Frühstückslounge an zu wischen. Sie wagte es kaum, den Blick zu heben. Aber zum Glück hatte Susan nichts gemerkt, sie stand mit zwei abreisenden Gästen am Empfang, lachte etwas zu laut und winkte den Gästen nach, als wären sie beste Freunde. Sollte sie ruhig lachen, bis sie platzte. Als sie sich umdrehte und ihren Blick schweifen ließ, war Anuka längst mitten bei der Arbeit. Aber ihre Gedanken schwirrten immer wieder zurück nach Hause. Egal, was sie machte, ob sie Eierschalen aufsammelte oder die Käseplatte auffüllte, sie dachte jede Sekunde an Stefane. Sie musste sich unbedingt nachher hinausschleichen und nach ihm schauen und Mo finden, damit er ihr half. Vielleicht brauchte Stefane Medizin. Hoffentlich hatte Mo genug Geld in der Pappkiste gelassen, und hoffentlich war es nichts Schlimmes. Nachdenklich stand sie einen Moment neben der Kaffeemaschine herum und überlegte.

»Was ist los?«, fragte jemand hinter ihr. Es war Valencia, die sich ein blaues Kopftuch umgebunden hatte und sie fröhlich anblinzelte. Anuka erschrak und sah sich gleich um, ob Susan in Sichtweite war.

»Die ist hinten am Pool«, sagte Valencia, »ehrlich, ich weiß immer, wo sie ist.« Sie mussten beide ein bisschen lachen. Anuka erzählte Valencia von Stefane.

»Habt ihr keine Eltern, die auf euch aufpassen?«, wollte Valencia wissen. Anuka schüttelte den Kopf.

»Ihr seid ganz allein, nur ihr Kinder?«

»Mo ist kein Kind mehr«, sagte Anuka, »und Mama hat gesagt, wir sollen zusammenhalten, und das machen wir.«

Valencia nickte.

»Ich muss nachher nach Stefane schauen«, sagte Anuka.

»Das merkt keiner, Anuka. Es ist jetzt viel weniger los, weniger Arbeit, du kannst einfach schnell weg. Und wenn jemand fragt, sage ich, du bist auf dem Klo.« Wieder kicherten sie.

»Danke, Valencia.« Anuka lächelte ihr schönstes Lächeln extra für Valencia. Valencia grinste zurück, und es sah so fröhlich aus, dass Anuka nicht mehr so viel Sorge hatte.

Sie wartete eine Weile, bis die Gäste sich auf der Terrasse und am Pool verteilt hatten und das Frühstück, das hier immer bis in die Mittagszeit ging, abgeräumt war. Als Anuka neu gewesen war, hatte sie gar nicht glauben können, dass die Gäste so viel und so lange essen konnten. Manche kamen morgens früh und holten sich einen Berg Croissants, Käsehäppchen, Schinkenröllchen, Quark und Speck, und Stunden später saßen sie noch immer vor vollen Tellern, und dann schleppten sie sich an den Pool, wo Ben an der Bar kleine Snacks verkaufte, und aßen gleich weiter. Inzwischen hatte Anuka sich daran gewöhnt, dass die Gäste anscheinend mehr Hunger hatten als andere Leute. Sie hatten ja im Palmen-Club auch nicht viel anderes zu tun.

Anuka hatte jede Menge zu tun, aber gegen Mittag nickte sie Valencia zu, steckte schnell noch einen Schokomuffin in die Tasche ihres blauen Kittels und schlüpfte durch den Lieferanteneingang auf den Parkplatz, an den gierigen Katzen vorbei, die sie mehr mochte, seitdem Sommer bei ihnen eingezogen war. Sie drehte sich noch einmal um, aber niemand hatte sie gesehen, nur John vielleicht, aber dem war es egal, was sie machte. Dann lief sie quer über die große Zufahrtsstraße, an der sandigen Einkaufsmeile und den Tankstellen entlang und hinein in die Stadt. Schneller als sonst war sie zu Hause bei Stefane. Mit klopfendem Herz lauschte sie am Eingang, bevor sie die Tür aufstieß. Drinnen war es ganz still.

Stefane hatte sich fast gar nicht bewegt. Er lag immer noch auf der Seite, die Augen geschlossen. Sommer hatte sich an seinen

Beinen zusammengekringelt. Als Anuka Stefane berührte, war sein Gesicht heiß und trocken. Bestimmt hatte er Fieber, das wusste Anuka, aber was man dagegen machte und ob es schlimm war, wusste sie nicht. Wenn er nur wenigstens mit ihr sprechen würde, dann wäre alles viel leichter.

»Stefane, ich bin von der Arbeit abgehauen«, erzählte sie ihm leise, »Valencia passt auf, dass Susan es nicht merkt. Ich hab dir einen Schokomuffin mitgebracht, hast du Hunger?« Stefane schüttelte ganz leicht den Kopf, aber er sagte kein Wort. Es machte Anuka richtig Angst.

»Was soll ich jetzt machen?«, fragte sie Stefane, obwohl er ihr nichts raten würde. Wenn nur Mo da wäre! Aber in der Steinhalle durfte sie ihn auf keinen Fall stören, da waren viele Männer zugange und wuchteten die Steine hin und her. Ein kleines Mädchen durfte gar nicht erst rein, hatte Mo gesagt, als sie gefragt hatte, ob sie ihn dort besuchen durfte. Irgendwann hatte sie mal von außen hineingeschaut, sie hatte sich auf eine alte Tonne gestellt und durch die hohen, dreckigen Fenster gespäht, aber alles, was sie sah, waren ein paar Spitzhacken und riesige Hämmer und ein Haufen zertrümmerter Steinblöcke, und Mo war nirgends zu entdecken gewesen.

Sie holte eine Tasse mit Wasser und einen Löffel, nahm Stefanes Kopf hoch und schob ihm einen zusammengeknüllten Pulli in den Nacken. Dann löffelte sie ihm etwas Wasser in den Mund. Das schluckte er auch hinunter und machte jetzt wenigstens mal die Augen auf. Gleich träufelte sie noch etwas hinterher, aber das lief ihm an den Mundwinkeln raus. Sie wischte es mit dem Ärmel ab und dachte nach. Sommer sprang auf ihren Schoß, und sie zupfte gedankenverloren an seinen weißen Ohren.

Sie musste sich um Stefane kümmern, das war klar. Er war kränker als sonst, das war auch klar. Alle hatten manchmal Fieber oder Durchfall, das ging eine Nacht, und am nächsten Morgen sah die Welt schon wieder besser aus. Aber Stefane hatte es richtig erwischt. Sonst würde er doch wenigstens ein bisschen sprechen. Er könnte auch ruhig jammern oder heulen, das wäre besser als dieses stumme Herumliegen. Wenn Anuka ihn hier allein ließe, dann würde er allein und krank vor sich hin glühen. Und Medizin hatte er auch nicht. Da fiel Anuka ein, was sie zuerst tun musste. Sie musste den Doktor fragen.

Erleichtert atmete sie durch. Endlich hatte sie die richtige Idee gehabt. Sie flößte Stefane noch ein Löffelchen Wasser ein und legte den Schokomuffin in Reichweite.

»Stefane, ich bin gleich wieder da«, flüsterte sie ihm direkt ins Ohr, damit er es auch wirklich hörte, und dann rannte sie los.

Der Doktor wohnte im gleichen Stadtteil, das wusste sie, weil sie einmal mit Mo dort gewesen war, als er sich den Arm in der Steinhalle gebrochen hatte. Aber sie musste wieder über die große Zufahrtsstraße, sie zwängte sich zwischen den Autos durch, die im Stau verkeilt waren und alle hupten, und dann quer über den Kleidermarkt, wo überall Leute herumstanden und riefen und handelten und rauchten. Es dauerte, bis sie sich durchgedrängelt hatte. Endlich sah sie das alte gelbe Haus mit der abgeblätterten Fassade, in dem der Doktor wohnte. Atemlos kam sie in das große Wartezimmer. Es war voller, als die Polizei erlaubt, und unglaublich laut. Leute lehnten an den Wänden und auf dem Boden, manche saßen zu zweit oder dritt auf einem Stuhl, manche husteten, manche stritten, manche gingen in dem Gedrängel auf und ab, als könnten sie nicht stillsitzen. Fassungslos schaute Anuka auf die Menge. Bis sie an die Reihe käme, wäre der Tag vorbei. Aber Stefane lag allein zu Hause, und sie musste zurück zum Palmen-Club, sie war schon viel zu lange weg. Schwitzend stand sie im Türrahmen und überlegte angestrengt hin und her. Schon wollte sie wieder kehrtmachen, da ging weiter hinten im Flur die Tür des Behandlungsraumes auf, und der Doktor kam heraus, hinter ihm ein kleiner alter Mann mit einem riesigen schneeweißen Verband um die Hand. Ohne zu überlegen, sprang Anuka auf den Arzt zu.

»Doktor«, sagte sie schnell und stellte sich ganz dicht vor ihn, damit er sie nicht übersah, »mein Bruder liegt krank zu Hause, er isst und trinkt nicht und hebt den Kopf nicht und sagt nichts. Ich glaube, es ist schlimm.« Der Doktor, ein großer, langsamer Mann, schaute kurz über Anukas Kopf ins Wartezimmer, ob jemand gemerkt hatte, dass Anuka sich vorgedrängelt hatte, aber niemand hatte achtgegeben. Da legte er den Arm um Anuka und schob sie schnell ins Behandlungszimmer.

»Wie heißt du?«, fragte er und schaute in Anukas heißes Gesicht.

»Anuka.«

»Du warst schon mal hier, Anuka«, stellte er fest. Es war keine Frage, er erinnerte sich an sie. Anuka nickte.

»Warum hast du diesen blauen Kittel an?«

»Ich bin von der Arbeit weggerannt«, gab Anuka zu.

»Also, jetzt erklär es noch mal. Was ist mit deinem Bruder?«

Anuka beschrieb es so genau wie möglich.

»Glaubst du, er hat Kopfschmerzen?«, fragte der Doktor. Anuka wusste es nicht. Sie erzählte von Sommer, dass Stefane noch nicht einmal Sommer streichelte.

»Oh, dann ist es ernst«, sagte der Doktor und lächelte ein bisschen. Anuka lächelte auch, aber es war nicht ihr schönstes Schönmacherlächeln, sondern ein kleines erleichtertes Lächeln. Der Doktor holte eine Packung Medizin aus einem Regal.

»Diese Tabletten gibst du ihm«, sagte er, »jeden Tag fünfmal. Du kannst sie in etwas Wasser auflösen und ihm einträufeln. Ich gebe dir auch eine Pipette, dann ist es leichter. Wenn es ihm nach drei Tagen nicht besser geht, musst du ihn hierherbringen, verstehst du?«

»Aber wie soll ich das machen?«, fragte Anuka. Der Doktor schaute auf seine Hände, dann hob er den Blick und schaute Anuka in die Augen.

»Ich weiß es auch nicht«, sagte er. »Aber vielleicht ist er ja in ein, zwei Tagen schon wieder fast gesund.«

»Ja?«, fragte Anuka bang.

»Ja«, sagte der Doktor. Dann schob er Anuka aus dem Zimmer und durch den Flur. Er ging vor ihr, damit es nicht auffiel, dass sie dran gewesen war, und nickte ihr noch einmal zu. In ihrer Hand hielt sie fest das Medikament und die Pipette.

»Und jetzt lauf, Anuka. Gute Besserung für deinen Bruder!«

Anuka stieg etwas Heißes in die Augen, aber zum Weinen hatte sie jetzt einfach keine Zeit. Sie rannte los. Auf dem Weg zurück fiel ihr plötzlich ein, dass sie sich nicht bedankt und ihm kein Geld bezahlt hatte. Das musste sie irgendwann noch machen, wenn es Stefane wieder besser ging, dann würden sie zusammen zum Doktor gehen und ihm danken.

Als sie in die Wohnung kam, war es so still wie vorher. Stefane lag ruhig und heiß da, genauso, wie sie ihn verlassen hatte. Nur der Schokomuffin war weg. Einen Moment blitzte eine große Erleichterung durch Anukas Bauch – Stefane hatte etwas gegessen! Aber dann sah sie die Krümel auf dem Boden und das aufgeweichte Muffinpapierchen. Nicht Stefane hatte ihn gegessen, sondern Sommer, Sommer hatte den Muffin verputzt. Sie wollte ihn ausschimpfen, aber bei Katzen hilft es nicht. Sie hören das Schimpfen nicht und streichen an den Beinen entlang, als wäre nichts gewesen. Also seufzte Anuka nur und warf Sommer, der sich direkt neben Stefanes Kopf auf den alten Pulli gekuschelt hatte, einen ärgerlichen Blick zu, aber der Kater hatte seine Augen halb geschlossen und schnurrte zufrieden vor sich hin.

Anuka öffnete die Pappschachtel, holte eine Tablette heraus und vermatschte sie mit etwas Wasser. Dann füllte sie die Pipette und spritzte die Medizin vorsichtig in Stefanes Mund. Stefane rührte sich nicht, aber er schluckte zweimal, und das war gut. Anuka stellte alles weg, damit Sommer nicht mit den Sachen spielte, und nun musste sie schnell zurück zum PalmenClub. Schneller als schnell musste sie sein, sie hatte keine Ahnung, wie viel Zeit vergangen war, Stunden wahrscheinlich, und wenn Susan etwas gemerkt hatte, dann konnte Anuka gleich wieder nach Hause gehen und brauchte nie mehr wiederzukommen.

Sie warf noch einen Blick auf Stefane.

»Gute Besserung«, murmelte sie. Dann rannte sie wieder los, bis ihr die Beine glühten: die Treppe hinunter, durch die Stadt, über die Zufahrtsstraße, hinten winkten schon die hohen Palmen, und dann stand sie vor dem Eingangsportal. Sie war außer Atem und nass geschwitzt und ein bisschen zittrig von diesem schwierigen Tag. Wenn nur Mama da wäre, dachte sie einen Augenblick lang. Mama würde sich um Stefane kümmern und Sommer füttern und die Wohnung fegen, Mama würde alles machen, und Anuka könnte einfach zum PalmenClub gehen, oder vielleicht könnte sie sogar zur Schule gehen. Doch jetzt musste sie aufhören, solche Gedanken zu denken, als ob alles ganz anders sein könnte.

In der Nähe sah sie eine Gruppe von Gästen auf Kamelen vorüberzockeln. Anuka mochte die Kamele nicht, sie hatten riesige Nasenlöcher, ausgeleierte Unterlippen und einen verächtlichen Blick. Die Gäste liebten sie aber und waren ganz aufgeregt, wenn sie hinaufstiegen und sich an den sperrigen Holzsätteln festklammerten. Manchmal schnalzten die Kameljungen extralaut und schlugen die Kamele an den Beinen mit einem Stock, dann machten die Tiere einen Satz nach vorne, und die Gäste schrien laut auf vor Schreck. Hinterher sagten viele zu Susan, das Kamelreiten sei ihr größtes Abenteuer gewesen.

Als Anuka die Kamele sah, rannte sie schnell hinter der Gruppe her und fragte einen Kameljungen: »Kann ich mit euch zurück in den PalmenClub?«

»Wieso?«, wollte der Kameljunge wissen.

»Ich muss irgendwie reinkommen, sonst kriege ich Ärger«, sagte Anuka und schaute ihn bittend an. Der Kameljunge winkte sie zu den anderen und drückte ihr einen Stock in die Hand. Die Gäste hatten nichts gemerkt, sie schaukelten hoch über den Köpfen und kicherten und machten Fotos. Anuka mischte sich unter die Jungen und schwang den Stock, als sei sie ein Kamelmädchen, es machte Spaß, und sie mochte die Kamele gleich etwas mehr. Am Hauptportal unter den großen Palmen ließen sie die Kamele anhalten, und die Jungen holten Bänkchen und Trittleitern, um die Gäste wieder heil herunterzukriegen. Alle riefen und lachten, die Kamele traten unruhig hin und her und schwenkten ihre zotteligen Schwänze. Anuka half gerade einer runden, in ein langes lila Kleid gehüllten Frau, die sich ungeschickt vom Sattel gleiten ließ, als Susan vor die Glastüren trat. Anuka sah, wie sie ihre Stirn runzelte, als sie Anuka unter den Kameljungen entdeckte, aber sie sagte nichts, auch nicht, als Anuka sich die Hände abklopfte, das Trinkgeld der lila Frau wegsteckte und rasch an Susan vorbei ins Hotel hineinschlüpfte. Stattdessen glättete Susan ihre Stirn wieder, lachte ihr helles schneeweißes Lachen und hieß alle Abenteurer willkommen zurück im Paradies.

Erleichtert zog Anuka in der Umkleide ihr blaues Kleid an und hielt auf der Terrasse Ausschau nach Valencia. Sie füllte gerade an der Poolbar Erdnüsse in Glasschälchen.

»Mensch, wo warst du bloß?«, sagte Valencia leise. »Du warst ja eine Ewigkeit weg.« Anuka wusste nicht, wovon sie zuerst erzählen sollte.

»Hat Susan es gemerkt?«

»Ich glaube nicht«, sagte Valencia, »aber bei Susan weiß man nie.«

»Ich habe Medizin für meinen Bruder geholt«, sagte Anuka, und das klang so schön einfach, als sei sie schnell um die Ecke zu einem Laden gegangen. Sie konnten nicht lange reden, es war schon Nachmittag, die Gäste kamen zur Bar und bestellten blaue und grüne Cocktails, und Valencia musste die Papierschirmchen für die Gläser holen, und Anuka musste anfangen, die Servietten fürs Gala-Essen zu falten.

»Susan hat gesagt, morgen wird die Lächelkönigin gewählt«, flüsterte Valencia, »da musst du auf jeden Fall da sein.«

Anuka wusste, was das bedeutete. Einmal im Monat suchte

Susan das Mädchen aus, das mit dem schönsten Lächeln die Gäste beglückte, und schenkte ihm einen Preis. Alle Gäste waren dabei und klatschten und knipsten die Lächelkönigin. Der Preis war ein goldenes Ding aus Blech, man konnte damit nichts anfangen. Aber Susan wollte unbedingt, dass alle Mädchen dabei waren.

»Ihr seid keine Putzfrauen«, rief sie bei diesen Preisverleihungen in ein Mikrofon, »ihr seid auch keine Kellnerinnen, Mädchen! Nein, ihr seid die guten Geister des PalmenClubs, unsere Engel in Blau! Ihr schenkt uns allen euer Lächeln, dafür seid ihr da.« Die Gäste klatschten und murmelten zustimmend. Susan sagte nicht, dass die Mädchen vor allem zum Fegen, Wischen und Putzen da waren. Sie schwenkte das Blechding, und wieder klatschten alle, und dann musste das Mädchen, das sie ausgesucht hatte, nach vorne treten und bekam das Blechding umgehängt wie einen Orden. Die Gäste machten Fotos, die Blitzlichter schossen hin und her. Die Mädchen, die das Ding schon gewonnen hatten, hatten es gleich danach in ihr Schließfach geworfen. Es störte nur bei der Arbeit.

Und nun war es schon wieder so weit für eine neue Lächelkönigin. Anuka musste auf jeden Fall dabei sein, denn Susan zählte vorher alle Mädchen durch, hatte Valencia gesagt. Hoffentlich ging es Stefane morgen besser, viel besser, so wie der Doktor es gesagt hatte.

»Danke«, sagte sie schnell zu Valencia.

Valencia grinste sie an, und Anuka grinste zurück.

Abends war Mo zu Hause. Er hatte sogar schon Teller auf den Tisch gestellt, als Anuka mit der Tüte voller Reste in die Wohnung kam. John hatte ihr diesmal besonders leckere Sachen eingepackt, als wüsste er, dass sie etwas Gutes im Magen gebrauchen könne, Hähnchenschenkel in Honigsoße und ein ganzes Plastiktöpfchen voll gerösteter Kartoffeln und die übrig gebliebene Sahnetorte vom Kaffee-Buffet. Die Tortenstücke waren auf dem Weg nach Hause ineinandergerutscht. Mo schaufelte die ganze Masse in sich hinein, fast ohne zu kauen, während Anuka ihm alles erzählte. Er hatte Stefane schon einen kalten Lappen aufs Gesicht gelegt und ihm die Stirn gewischt, denn jetzt fing Stefane an zu schwitzen und unruhig vor sich hin zu murmeln. Anuka gab ihm wieder eine aufgelöste Tablette. Dann knabberte sie erschöpft an einem Hähnchenschenkel und hielt Sommer den Knochen hin. Vom vielen Rennen und all den Sorgen und dem ganzen Schönmachen war sie so müde, dass ihr Körper sie fast zu Boden zog.

»Mo, kannst du morgen auf Stefane aufpassen?«, fragte sie. Mo überlegte. Dann sah er hoch und schüttelte den Kopf. Anuka starrte ihn an. Sie atmete dreimal tief durch, um nicht wütend zu werden und erst recht nicht zu heulen. Trotzdem wurden ihre Augen heiß und feucht. Sie biss sich fest auf die Lippen. Mo war immer weg, das war ungerecht. Wie sollte sie denn alles allein schaffen? Er konnte auch mal hierbleiben und nach dem Rechten sehen. Stefane war schließlich auch sein Bruder.

»Mama hat gesagt, wir sollen zusammenhalten«, sagte sie leise.

»Wir halten zusammen«, sagte Mo ernst. Mehr sagte er nicht, so war es immer mit ihm. Er sprach eben nur das Nötigste, und den Rest musste sich Anuka denken. Nur wusste sie manchmal einfach nicht, wohin mit den Gedanken. Sie merkte, wie ihr Herz auf einmal sehr schnell und hart schlug. Wenn Mo doch mal den Mund aufmachen würde. Oder ihr wenigstens mal den Arm um die Schulter legte. Oder mal ein bisschen Quatsch machte. Anuka konnte nicht auch noch alleine Quatsch machen. Gut, dass sie Sommer hatten, Sommer war sehr gut im Quatschmachen. Als sie an Sommer dachte, beruhigte sich ihr Herz.

»Sommer hat Stefanes Schokomuffin aufgefuttert«, sagte sie und kicherte plötzlich leise. Mo grinste, aber dann räumte er schnell die Teller weg und ging aus der Wohnung. Anuka wusste nicht, wohin er wollte. Sie war wieder allein.

»Mo ist ein Idiot«, sagte sie leise vor sich hin. Dann sagte sie es noch einmal lauter: »Mo ist so ein Idiot!« Das hörte sich gut an.

»Stimmt doch, Stefane, oder?« Sie legte sich neben Stefane, schob einen Arm unter seinen Kopf und drückte ihn leicht an sich. So schlief sie ein.

Am nächsten Morgen war Mo immer noch nicht da und Stefane nass geschwitzt. Er hatte zwar die Augen offen, aber er warf den Kopf hin und her und rief Wörter, die komisch klangen und keinen Sinn hatten. Anuka versuchte, ihm die Medizin zu geben, aber er zuckte und schlug die Pipette weg, und sie traute sich nicht, ihn festzuhalten. Sie wollte ihm das feuchte T-Shirt ausziehen, aber er war zu unruhig und ließ sich gar nicht anfassen.

»Verflucht«, sagte sie leise. »Verflucht, Mo, du bist ein Idiot.« Aber heute hörte sich das nicht mehr so gut an. Ratlos setzte sie sich neben die Matratze auf den Boden und streichelte Sommer über den Rücken. Zum Glück war der wenigstens da, weich und wendig unter ihren Händen. Aber er konnte Stefane auch nicht helfen. Sie musste bei Stefane bleiben, er konnte ja nicht den ganzen Tag allein in die Decke schwitzen und auf der Matratze herumzappeln. Und wenn er sich beim Herumwälzen den Kopf anschlug oder aufs Klo musste oder etwas zu trinken brauchte, musste sie ihm helfen. Aber sie musste auch zum PalmenClub, denn heute würde Susan auf jeden Fall merken, ob jemand fehlte. Und wenn Anuka einfach nicht auftauchte, würde Susan sie rauswerfen. Das war klar.

»Sommer«, flüsterte Anuka der Katze in die spitzen Ohren, »wie soll ich das machen: zwei Sachen gleichzeitig?«

Valencia hatte recht behalten: Gleich nach dem Frühstück zählte Susan alle Mädchen durch. Sie rief die Namen auf und schaute sich genau an, wer da die Hand hob. Ihre Laune war gefährlich, aber alle wussten, dass sie nachher, wenn die Lächelkönigin gewählt wurde, strahlend ins Mikrofon jubeln würde. Eigentlich war ja Susan die Lächelkönigin im Palmenclub. Das flüsterte Anuka Valencia zu, die fast laut gelacht hätte. Gerade rechtzeitig legte sie sich die Hand über den Mund.

»Dann kann sie ja diesmal das Blechding kriegen«, flüsterte Valencia zurück. Anuka grinste, aber dann dachte sie wieder an Stefane. Ihre Rippen brannten noch, so schnell war sie zum Palmen-Club gerannt. Vorher hatte sie Stefane ein Glas Wasser direkt neben seinen Kopf gestellt und ihm Sommer in die Arme gelegt, aber das reichte einfach nicht. Er würde sich hin und her wälzen und vielleicht alles umstoßen. Anuka wusste nicht, wie schnell ein Kind austrocknen kann, wenn es nicht genug trinkt, und die Medizin war auch nicht in seinem Körper. Sie biss sich auf die Lippen und starrte geradeaus, damit Susan nicht merkte, dass sie gar nicht zuhörte. Als sie sich dann verstreuten, um vor dem Wettbewerb noch ein bisschen den PalmenClub schön zu machen, hielt sie es plötzlich nicht länger aus. Noch während sie den Putzlappen in die Seifenlauge tauchte, liefen ihr die Tränen einfach über das Gesicht. Ihre Beine wurden weich, und sie setzte sich neben den Eimer und vergrub das Gesicht in den Händen.

»Ist es wegen deines Bruders?«, fragte Valencia sie leise und legte den Arm um sie. Weil sie eine Kehrschaufel in der einen und einen Eimer in der anderen Hand hatte, sah das sicher lustig aus, aber ihnen war nicht nach Lachen zumute. »Geht es ihm noch gar nicht besser?«

»Ich glaube, eher schlechter«, sagte Anuka mit zitternder Stimme, »er redet ganz komisch und schwitzt und zappelt, Valencia, ich muss mich um ihn kümmern, er darf nicht allein sein!«

»Und wenn du einfach hinläufst? Susan hat dich doch jetzt schon gezählt, vielleicht merkt sie es gar nicht, wenn du nachher nicht da bist.«

»Und wenn sie es doch merkt? Und wenn ich vielleicht sogar – gewinne?« Nun mussten sie doch beide etwas lachen. Anuka als Lächelkönigin – das wäre so verrückt wie Susan als Krankenschwester.

»Wenn du gewinnst, musst du jedenfalls da sein«, überlegte Valencia, »wenn du dann nicht da bist, fliegst du raus, das ist klar.«

Valencia ließ den Arm mit dem Kehrblech sinken, und das Putzwasser aus Anukas Wischlappen tropfte langsam zurück in den Eimer. Anuka dachte über das Unmögliche nach und Valencia auch.

»Aber wahrscheinlich gewinne ich ja gar nicht«, sagte Anuka nach einer Weile, »so eine tolle Schönmacherin bin ich ja auch wieder nicht, und es gibt genug andere Mädchen, die alle gewinnen könnten.«

»Außer mir«, seufzte Valencia, »mir wird sie nie den Preis geben. Ich kann ja froh sein, wenn sie mich überhaupt hierbehält. Mich würde sie gern loswerden, sie wartet nur auf eine Gelegenheit.«

Sie schaute nachdenklich vor sich hin, dann fing sie an zu strahlen und stieß Anuka so fest den Ellbogen in die Seite, dass die leise aufschrie.

»Ich habe die Lösung! Ich gehe zu Stefane! Warum sind wir nicht früher darauf gekommen? Ich werde sowieso niemals Lächelkönigin, keiner merkt, wenn ich nicht da bin! Anuka, du erklärst mir, wo du wohnst und was ich machen soll, und ich kümmere mich um deinen Bruder.«

Zufrieden rieb sie sich die Hände. Anuka war sofort so erleichtert, dass sie Valencia fast umarmt hätte.

»Würdest du das wirklich machen? Und wenn es doch rauskommt?«

»Aber das wird es nicht, Anuka! Du musst zugeben, es ist bombensicher. Susan vergibt den Preis, die Gäste klatschen, alles ist wie immer, niemand wird mich vermissen.«

Anuka überlegte hin und her, was trotzdem schiefgehen könnte, aber es fiel ihr nichts ein, außer dass Valencia sich auf dem Weg zu Stefane ein Bein brechen könnte, aber das würde einfach nicht passieren.

»Valencia«, sagte sie feierlich, »du bist meine beste Freundin.«

Sie schauten sich an und schwiegen beide einen Moment. Dann beugten sie sich über einen Zettel, auf dem Anuka genau den Weg zu ihrer Wohnung aufzeichnete. Es war nicht so schwer, Valencia wusste, wo die große Zufahrtsstraße war, sie war schon oft auf dem Markt gewesen und kannte sogar den alten Brunnen ganz in der Nähe des Häuserblocks. Sie würde Stefane finden. Anuka erzählte ihr auch von der Pipette und der Medizin und von Sommer und dann gleich auch noch, weil sie schon dabei war, von Mo und den Nachbarn und wo der Doktor wohnte.

Valencia sagte nicht viel, aber sie hörte gut zu. Dann nickte sie Anuka zu.

»Keine Sorge«, sagte sie und ließ ihren Blick einmal durch das Foyer schweifen. Niemand war an der Rezeption. Susan hantierte weiter hinten mit den Stühlen und Getränken für den Lächelwettbewerb, und die anderen Schönmacherinnen schwirrten hinter den Glastüren, am Pool und an der Bar um die Gäste herum.

»Los geht's«, sagte Valencia, und schon flitzte sie schneller als ein Windhund durch die Glastür, über den Parkplatz, kreuz und quer zwischen den Palmen durch und war verschwunden.

Seufzend zog Anuka ihr blaues Kleid gerade und fegte noch ein bisschen um die Sesselgruppen herum, und dann wurde es auch schon Zeit, sich im Foyer zu versammeln. Gäste schlenderten heran, die Haare noch nass von der ersten Morgenrunde im Pool, die Handtücher über die Schulter geworfen. Susan und zwei ausgewählte Schönmacherinnen verteilten lachend und scherzend Vitaminsäfte und Sektkelche. Bob und Maik von der Rezeption lehnten sich neugierig auf die Theke und flüsterten miteinander, bestimmt lästerten sie über die Gäste, was strengstens verboten war. Die anderen Mädchen standen in einer Gruppe beisammen, eine geduldige blaue Herde, und warteten, bis Susan sich das Mikrofon schnappte. Sie hätte keines gebraucht, denn so groß war das Publikum auch wieder nicht, aber es stand ihr einfach gut und passte zu ihrem glänzenden schmalen Hosenanzug. Wie schön sie ist, dachte Anuka, und dann dachte sie gleich hinterher, und wie oft habe ich das schon gedacht.

Als ob sie Anukas Gedanken gehört hätte, rief Susan ins Mikro:

»Wie schön ihr alle seid!« Und mit einer überschwänglichen Geste schloss sie alle mit ein, die Mädchen, die Gäste, die Palmen. Dann winkte sie die Mädchen nach vorne. Sie mussten sich in einem Halbkreis um Susan herumstellen, so wie sie es vorher geprobt hatten.

»Heute sind wir hier, um diejenigen zu feiern, die alles noch schöner machen«, raunte Susan. »Sie sind beinahe unsichtbar, sie arbeiten im Hintergrund, ganz im Stillen, und doch bringen sie alles erst richtig zum Leuchten. Einen kräftigen Applaus für unsere guten Geister, die Schönmacherinnen vom PalmenClub!«

Die Gäste klatschten gerührt. Die ersten begannen zu fotografieren. Die Mädchen machten die Augen schmal, manche schauten schüchtern zu Boden.

»Sie sind es nicht gewöhnt, im Mittelpunkt zu stehen«, rief Susan, »aber heute sollen und dürfen sie sich im Licht unseres Beifalls sonnen. Und nun die große Frage.« Sie machte eine Pause und schaute sich bedeutungsvoll um. Es wurde mucksmäuschenstill. »Die große Frage ist: Wer hat das schönste Lächeln?« Die Gäste raunten, manche zeigten auf eines der Mädchen, weiter hinten schlossen zwei alte Herren in Badehosen Wetten ab. Ein kleines Kind mit einem riesigen Plastikdelfin unter dem Arm fragte laut: »Warum?« Seine Mama legte den Finger auf die Lippen und zeigte nach vorne, wo Susan inzwischen das goldene Ding in die Luft hielt.

»Mädchen«, sagte sie, »ihr seid alle schön. Aber es gibt Tage, da leuchtet eine von euch noch goldener, noch ein wenig strahlender als die anderen. Und für dieses gewisse Extra, diesen Sonnenschein, der auf uns fällt, haben wir uns einen Preis ausgedacht. Hier ist er, so golden wie das Lächeln. Wollt ihr wissen, wer heute unsere Lächelkönigin ist?«

Die Mädchen warteten still, während die Gäste fröhlich durcheinanderredeten und klatschten. Alles war so, wie Susan es sich immer wünschte, zufriedene Gäste, die Mädchen still in einer Reihe. Während Anuka noch herumschaute, die Gesichter der Gäste musterte und den glühend roten Sonnenbrand auf dem Nasenrücken einer älteren Dame bestaunte, hatte Susan schon weitergesprochen, und auf einmal hörte Anuka einen Namen.

»Valencia!«, rief Susan überschwänglich. »Liebe Valencia, du bist die Lächelkönigin im PalmenClub! Bitte komm nach vorne und zeig uns das schönste Lächeln, das man sich wünschen kann!«

Sie warf die Haare zurück, winkte mit dem goldenen Preis und schaute sich erwartungsvoll um. Die Gäste hoben schon die Hände, um kräftig zu klatschen. Die Mädchen stießen sich an und staunten, denn das hatte keines erwartet. Ausgerechnet Valencia, an der Susan doch sonst kein gutes Haar ließ! Warum wurde gerade sie nun Lächelkönigin? Wollte Susan sie damit verspotten? Oder loben? Oder sich mit ihr vertragen?

Alle tuschelten durcheinander und drehten sich nach Valencia um. Nur Anuka stand ganz still. Der Schreck war ihr bis in die Ze-

hen geschossen. Sie allein wusste, wo Valencia war – und sie wusste auch, was das hieß. Susan drehte sich hin und her, noch hatte sie es nicht gemerkt.

»Nicht so schüchtern, Valencia!«, rief sie. »Heute ist dein Tag!« Die Mädchen murmelten unruhig durcheinander. Inzwischen war ihnen klar, dass etwas nicht stimmte. Sogar Bob und Maik an der Rezeption reckten die Hälse und hielten Ausschau nach der Lächelkönigin, die so dumm war, ihren großen Moment zu verpassen. Susan ließ das Mikro sinken.

»Also«, sagte sie langsam, und ihre Stimme klang auf einmal wie eins von den gut geschärften Messern, die John in der Küche hatte, »liebe Gäste, ich weiß nicht, wo sich unsere scheue kleine Valencia versteckt hat. Aber so sind unsere Schönmacherinnen – sie wirken im Verborgenen. Trotzdem: ein großer Applaus für Valencia!« Während die Gäste noch klatschten und dann langsam auseinanderschlenderten, enttäuscht, dass sie keine Fotos hatten machen können, waren die Mädchen in heller Aufregung. Eines rannte aufs Klo, um dort nach Valencia zu suchen, ein anderes schaute in den Umkleiden.

Anuka stand etwas abseits und biss sich auf die Lippen. Jetzt war das Einzige passiert, das nicht hätte passieren durfte. Valencia, die Lächelkönigin, war bei Stefane und legte ihm wahrscheinlich in diesem Moment gerade einen kalten Lappen auf die Stirn. Susan redete noch mit einigen Gästen, aber Anuka sah, dass ihr die Wut in den Augen glänzte. Die Hand, mit der sie das Mikro immer noch festhielt, war zur Faust geballt. Anuka atmete tief durch. Sie musste etwas tun, sonst war Valencia durch ihre Schuld am Ende. Langsam ging sie zu Susan hinüber.

»Entschuldigung«, flüsterte sie.

»Was willst denn du?« Susan fuhr herum und starrte auf sie herunter. Anuka hatte sich nicht überlegt, was sie sagen würde.

»Ich weiß, was mit Valencia ist«, sagte sie leise.

»Ach ja?«, fauchte Susan. »Weißt du was, Kleine? Mir ist es völlig egal, was mit Valencia ist. Sie war nicht da, und das ist ein Riesenfehler, glaub mir, ein Riesenfehler. Wie sieht denn das vor den Gästen aus? Was glaubt sie, wer sie ist? Uns warten zu lassen vor aller Augen?«

»Sie hatte … sie musste etwas machen. Ich meine, sie ist krank. Krank geworden!« Anuka fing an, sich zu verhaspeln. Susan runzelte die Stirn.

»Aber sie freut sich sicher riesig«, rief Anuka schnell, »ich kann ihr den Preis ja geben, sie ist bestimmt morgen wieder gesund!«

»Den Preis?« Susan lachte wütend. »Vergiss es! Meinst du, sie würde jetzt noch irgendwas kriegen? Sie kann Leine ziehen, verstehst du? Sie hat sich ja noch nicht mal abgemeldet! Sie kann bleiben, wo der Pfeffer wächst. Ist sie deine Freundin, oder was? Wie heißt du denn überhaupt?«

Aber da hatte sich Anuka schon davongemacht, sie wollte nicht, dass sich Susan ihren Namen auch noch merkte, sonst war sicher beim nächsten Mal sie die Lächelkönigin. Als Susan sie

nicht mehr hören konnte, sagte sie leise: »Ja, sie ist meine Freundin. Und ich muss ihr helfen.«

Nun gab es schon zwei Leute, denen sie helfen musste, Stefane und Valencia. Anuka merkte, wie es in ihrem Bauch brodelte. Vielleicht war es ja einfach Hunger, als bräuchte sie erst mal etwas in den Magen, bevor sie die Welt rettete. Susan war inzwischen davongerauscht. Langsam ging Anuka hinüber zur Küche und hoffte nur, dass keiner sie aufhalten würde.

Seitdem Anuka mein Handy nicht haben wollte, kannten wir uns ja, und ich schaute immer mal wieder, was sie gerade machte. Sie grinste mir manchmal zu, und einmal hat sie sogar gewinkt, quer durch den Speisesaal, da habe ich mich gefreut. Sie hatte eigentlich nie frei, das war schon mal klar. Die anderen Mädchen auch nicht. Immer rannten sie durch die Gegend und mussten irgendetwas bringen oder holen oder aufheben oder wegfegen. Wenn ich das machen müsste, würde ich mich ganz schön bedanken. Mama kriegt mich ja kaum dazu, mal mein eigenes Zimmer aufzuräumen. Und wenn doch, dann lobt sie mich und findet es toll. Zu Anuka sagt niemand, dass sie gut ist im Aufräumen. Wahrscheinlich denken sich deswegen die Chefs solche Sachen aus wie diese Wettbewerbe, wer am schönsten lächelt und so. Damit es wenigstens ab und zu mal ein bisschen Applaus gibt.

Jedenfalls hatte Susan die Mädchen in den blauen Kleidern um sich herum versammelt und hielt eine richtige Rede auf sie. Dabei ist sie doch sonst diejenige, die alle am meisten herumscheucht. Wenn Susan meine Mama wäre, müsste ich wahrscheinlich jeden Tag unter dem Bett saugen, und sie würde bestimmt sogar die Kaugummis finden, die ich hinter dem Bett an die Wand geklebt habe. Jedenfalls pfeift sie die Mädchen ziemlich an, wenn ihr was nicht passt. Aber bei diesem Wettbewerb, da hat sie gestrahlt und ins Mikro gejubelt, und als dann das Mädchen, das gewonnen hatte, gar nicht auftauchte, sah sie richtig enttäuscht aus. Ich fand ja, Anuka hätte ruhig gewinnen können. Vielleicht hätte sie einen schönen Preis bekommen, das hätte ich ihr gegönnt, und den hätte sie ja auch nicht einfach zurückgeben können, so wie mein Handy. Hätte, hätte. Jetzt war aber ein anderes Mädchen die Schönste, und es war gar nicht da, ich wusste auch gar nicht, wer das sein sollte.

»Umso besser«, murmelte Mama, »dieses ganze Tamtam, das ist doch alles nur Show.«

»Findest du es nicht gut, wenn die auch mal gefeiert werden?«, fragte ich nach, nur um mal zu hören, wie Mama, die schon wieder ihre Stirn auf diese spezielle Art gerunzelt hatte, die Sache sah.

»Die sollten anständig bezahlt werden oder gleich in die Schule«, brummte Mama, »statt hier irgendwelche Blechdinger verliehen zu kriegen.«

»Aber immerhin«, wendete Papa ein, »ist das doch besser, als wenn sich kein Schwein um sie kümmert.«

»Diese Art von Kümmern kannst du den Hasen geben«, murmelte Mama und warf Susan finstere Blicke zu. Ich ließ die beiden weiter über Hasen und Schweine diskutieren und schnappte mir eine Hängematte hinten im Palmengarten. Da rollte ich mich im warmen Wind zusammen und dachte noch ein bisschen nach über die Mädchen, Susan und den Preis. Letztes Mal war der Urlaub im PalmenClub auf jeden Fall nicht so kompliziert gewesen. Aber da war ich ja auch noch klein und konnte noch nicht so viel nachdenken.

Seitdem er nicht mehr im PalmenClub arbeitete, musste Tommie sein Geld anders verdienen. Jeden Tag brach er mit den anderen auf, als ob alles wie immer wäre. Wie immer brachte Mama Eva zur Schule und holte dann im Kaufhaus Stoffreste für die Taschen ab. Artur bog zum Markt ab, Leo radelte zur Fischfabrik. Wie immer winkte Tommie ihnen zu und lief Richtung PalmenClub. Seine Beine trugen ihn von allein dorthin, und sie würden ihn auch bis direkt in die Küche tragen, wenn er es erlaubte. Stattdessen blieb er irgendwann stehen und dachte nach.

Jeden Morgen musste er sich etwas anderes einfallen lassen. Ein paarmal hatte er schon auf der Obstplantage mitgeholfen, einmal hatte er an der Tankstelle neben der Zapfsäule gewartet, ob ihn jemand das Auto auftanken ließ, aber die Leute wollten ihn nicht an ihr Auto lassen und verjagten ihn. Auf dem Markt half er beim Abladen, aber das war gefährlich, weil Artur in der Nähe war und ihn auf keinen Fall sehen durfte. Es war schwer, die Männer, für die er arbeitete, schrien herum und stießen ihn zwischen die Rippen, wenn es nicht schnell genug ging. Jeden Tag dachte er an John und wie er mit einem Blick zeigen konnte, was Sache war. Wenn etwas ihm nicht passte, hob er einfach eine Augenbraue und sah die Kochjungs scharf an, das reichte, niemand musste brüllen.

Mama hatte noch nichts gesagt, aber freitags konnte er nicht so viel Geld wie sonst auf den Tisch legen. Er schaffte es einfach nicht, obwohl er den ganzen Tag durch die Stadt hetzte. Er hatte sich sogar schon überlegt, ob er sich mit einer Mütze auf die Straße setzen sollte. Aber das hatte er noch nie gemacht, es war bitter, und wenn Mama zufällig vorbeikäme, wäre alles vorbei.

Also vielleicht doch wieder zum Markt, oder unter den Brücken schauen, ob er Altglas finden konnte, oder am Kaufhaus fragen, ob sie einen Türsteher gebrauchen konnten, obwohl er dafür eigentlich zu klein war.

An diesem Morgen fiel ihm einfach nichts ein. Er hatte den anderen zugewinkt und sie beneidet, weil sie wussten, wohin sie gehen mussten. Einen Augenblick lang stellte er sich vor, alle täten nur so, als gingen sie in die Schule, zum Markt oder zur Fabrik. Vielleicht dachten sie sich ja so wie er jeden Morgen eine Geschichte aus, etwas, das gut klang und alle beruhigte, und in Wirk-

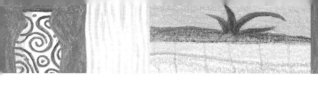

lichkeit flitzten sie durch die Stadt und suchten ihr Glück. Vielleicht war ja nicht nur er ein Geschichtenerzähler, sondern seine ganze Familie, sogar seine Mama, vielleicht alle Menschen auf der Straße, die so taten, als wüssten sie genau, was der Tag bringen würde. Er schüttelte leicht den Kopf, um diesen Gedanken loszuwerden, der einen verrückt machen konnte. Es wäre besser, wenn ihm endlich mal eine Idee käme. Unentschlossen schaute er die Straßen hoch und runter und fingerte an dem kleinen Blechmotorrad in seiner Tasche herum, seinem Glücksbringer aus dem PalmenClub.

Obwohl der Spätsommer das Morgenlicht blass machte, war es sehr heiß. Männer mit Schirmmützen bauten ihre Stände auf und sortierten Sonnenbrillen, Handtaschen und Schmuck auf der Verkaufsfläche. Ladenbesitzer stemmten die Rollläden der kleinen Geschäfte in die Höhe, Mofas, beladen mit Paketen und Tüten, flitzten durch den Verkehr, weiter hinten sah er einen Jungen, vielleicht so alt wie er selbst, der einen Esel mit einem Stock vorantrieb. Auf dem Platz wühlte jemand im Mülleimer, eine Tasche mit altem Glas und Blech um den Hals geschlungen. Taxis fädelten sich zwischen den überfüllten Bussen durch, Kinder riefen sich mit gellenden Stimmen etwas zu, am Brunnen packte ein Musiker seine Trompete aus und spitzte zur Übung die Lippen.

Jeder, den Tommie weit und breit sehen konnte, hatte etwas zu tun und würde am Abend zufrieden nach Hause gehen. Hilflos senkte er den Blick

und ging langsam Richtung PalmenClub, einfach weil seine Beine von allein dorthin wollten.

Als er an der großen Zufahrtsstraße über die Betonbrüstung klettern wollte, um auf die andere Seite zu kommen, sah er plötzlich eines der Mädchen vom PalmenClub haarscharf an den Autos vorbei direkt auf ihn zurennen. Er wusste nicht, wie sie hieß. Es gab so viele Schönmacherinnen im PalmenClub, und alle waren dünn, frech und hatten blaue Kittel an. Eine mit einem komischen Namen kam jeden Abend und holte Essen ab, die kannte er, an die hatten sich alle in der Küche gewöhnt. Die, die jetzt auf ihn zurannte und mit einem Sprung einem hupenden Mofa auswich, hatte er auch schon oft gesehen, beim Fegen oder wenn sie in der Küche einen Extrawunsch für die Gäste abholen musste, einen überbackenen Ananastoast zum Frühstück oder für die Kinder am Pool einen Himbeerbecher. Die Kochjungs pfiffen den Schönmacherinnen manchmal hinterher, aber das wollte er sich ja abgewöhnen. Außerdem war er auch nicht in der Stimmung dafür.

»Hallo«, rief er, ohne nachzudenken, dem Mädchen entgegen, fast erleichtert, weil sie aus dem PalmenClub kam, dem einzigen Ort, an dem er jetzt unbedingt sein wollte. Sie hatte ihn gar nicht gesehen, aber nun erkannte sie ihn und blieb stehen, ganz außer Atem.

»Was machst du hier?«, fragte Tommie verlegen. »Musst du nicht arbeiten?«

»Doch, schon«, keuchte das Mädchen, »und du?«

»Susan hat mich rausgeschmissen«, sagte Tommie, »und was ist bei dir los?«

»Ich habe keine Zeit, es dir zu erklären«, sagte das Mädchen, »ich muss zu Anukas Bruder, er ist krank, und ich kümmere mich um ihn.« Anuka – das war das Mädchen, dem John immer das Essen mitgab.

»Wieso kann sie sich nicht selbst um ihn kümmern?«

»Du bist lustig«, schnappte das Mädchen, »wie soll sie das denn machen? Sie muss doch arbeiten.«

»Ja, aber du doch auch«, wandte Tommie ein. Das Mädchen zuckte mit den Achseln.

Obwohl er sonst die Schönmacherinnen nicht beachtete, war er froh, mit jemandem aus dem PalmenClub zu reden. Er wollte das Mädchen gar nicht gehen lassen. Sie nickte ihm zu und wollte schon weiterlaufen, da fiel ihm auf einmal ein, was er heute tun konnte.

»Kann ich mitkommen und dir helfen?«, fragte er. Sie schaute ihn an und überlegte kurz.

»Na ja«, meinte sie dann, »wenn du nichts Besseres zu tun hast. Komm schnell.« Und sie drehte sich um und rannte los.

»Wie heißt du eigentlich?«, schrie er ihr hinterher.

»Valencia«, rief sie über die Schulter.

Sie rannten durch die Gassen, zwischen Mofas, Müllwagen und Eseln hindurch. Zwischendurch hielt Valencia ein- oder zweimal an und schaute auf Anukas Zettel nach dem richtigen

Weg. Sie fanden das Haus, ohne sich zu verlaufen, ein großes Miets-
haus. Tommie kannte die Gegend, weil er in den letzten Tagen
überall auf der Suche nach Arbeit gewesen war. Anukas Haus sah
aus wie alle anderen Gebäude in diesem Teil der Stadt, gelblich,
mit abgeblättertem Putz. Eine Haustür gab es nicht. Die Fenster
im Erdgeschoss waren zugenagelt, in den oberen Etagen hingen
Satellitenschüsseln wie Bienenwaben. Atemlos blieben sie stehen. Valencia schaute nach oben.

»Zweiter Stock.«

»Ob die Fernsehen haben?«, fragte Tommie.

»Keine Ahnung«, sagte Valencia, »ich war auch noch nie dort.
Komm, wir laufen einfach rein.«

»Meinst du, ich kann wirklich mit?«

»Ist doch gut, wenn wir ihm beide helfen. Anuka hat es erlaubt.«

»Dir hat sie es erlaubt.«

»Jedem, der helfen will«, sagte Valencia, und damit war die Sache klar.

Die Wohnung roch staubig und nach alter Milch. Sie fanden
Stefane zusammengerollt auf der Matratze. Er war still, weiß im
Gesicht und glühend heiß. Tommie stand schüchtern mitten im
Zimmer, während Valencia sich gleich zu Stefane kniete.

»Hallo, Stefane«, sagte sie leise, »krieg mal keinen Schreck.
Anuka hat uns geschickt. Wir sind deine Freunde. Du brauchst
was zu trinken und deine Medizin.« Stefane rührte sich nicht. Er
machte auch die Augen nicht auf.

»Schläft der?«, fragte Tommie ängstlich.

»Weiß nicht«, flüsterte Valencia, »nicht so richtig. Komm, hilf mir mal.« Zu zweit hoben sie Stefanes Oberkörper etwas an und stopften ihm ein Kissen darunter. Er war schwer, wie eine Marionette, der jemand die Fäden abgeschnitten hatte. Tommie holte Wasser, und sie träufelten ihm ein paar Tropfen in den Mund. Dann saßen sie eine Weile bei ihm und warteten, dass er die Augen aufmachte. Aber er warf nur den Kopf hin und her und fing an zu schwitzen.

»Den hat es ganz schön erwischt«, murmelte Valencia fachmännisch.

Tommie ging durch die Wohnung, machte die Fenster auf und suchte die Medizin, und Valencia streichelte Sommer, der durch den Flur hereinspaziert kam.

»Du bist süß«, flüsterte sie in sein großes, spitzes Ohr. »Jetzt weiß ich, warum Anuka dich so gern mag.«

Vorsichtig setzte sie ihn Stefane auf den Bauch.

»So eine Katze hätte meine kleine Schwester auch gern«, sagte Tommie und strich über Sommers Rücken. Sommer dehnte und streckte sich unter Tommies Hand. Dann kletterte er vorsichtig über Stefane und legte sich behutsam in seine Kniebeuge.

Valencia legte Stefane die Hand auf die Stirn.

»Was meinst du, was er hat?«, fragte Tommie.

»Fieber«, sagte Valencia, »das ist mal klar. Und vielleicht noch irgendwas anderes.«

Fieber kannte Tommie, das hatte jeder mal, genauso wie Durchfall und Bauchweh. Aber »irgendwas anderes« war ihm unheimlich.

»Gut, dass wir zu zweit sind«, sagte er leise.

»Stimmt«, meinte Valencia. »Weißt du was? Anuka hat erzählt, dass Stefane sonst ganz schön frech ist und in der Schule Quatsch macht. Kannst du dir das vorstellen?«

»Gar nicht«, gab Tommie zu. »Was denn zum Beispiel?« Er konnte fast nicht glauben, dass dieser schmale kranke Junge überhaupt sprechen konnte. Schließlich hatte er ihn noch nicht mal richtig mit offenen Augen gesehen. Und Stefane in der Schule konnte er sich erst recht nicht vorstellen, obwohl er ja früher auch mal hingegangen war. Valencia erzählte ihm ein bisschen von Anuka, und dann erzählte Tommie von seiner Familie, und so verging etwas Zeit. Die Sonne wanderte durchs Zimmer.

»Ich weiß nicht«, meinte Valencia nach einer Weile, »er wacht gar nicht auf, ich mach mir Sorgen.«

»Am besten wäre es, wenn wir mit ihm zum Doktor könnten«, sagte Tommie.

»Aber der ist ja ganz woanders«, überlegte Valencia.

Sie schauten ratlos auf den fiebrigen Stefane, der angefangen hatte, sich unruhig hin und her zu wälzen, aber die Augen machte er einfach nicht auf. Seine Lippen waren weißlich, und er schwitzte so stark, dass ihm kleine kalte Tröpfchen auf der Stirn standen.

»Ob er was zu essen braucht?«

»So kann er nicht essen, er hat bestimmt keinen Hunger. Oder hast du Hunger, wenn du krank bist?«

»Und wenn er gar nicht mehr aufwacht?«, fragte Tommie bang.

»Quatsch«, sagte Valencia, aber allmählich stieg ihr die Sorge in die Kehle, und ihre Stimme zitterte etwas.

»Vielleicht könnten wir ihn hinbringen? Ich weiß, wo der Doktor ist. So weit ist es gar nicht.«

»Wie soll das gehen?«, fragte Tommie. »Wir kriegen ihn noch nicht mal die Treppe runter. Er ist wie ein Sack. Ein schlafender Sack. Das schaffen wir nicht.«

Valencia musste ein bisschen über den schlafenden Sack lachen. Dann hatte sie eine Idee. »Ich laufe zum Doktor«, sagte sie entschlossen. »Ich hole ihn einfach. Ich sage ihm Bescheid, dass er Stefane helfen muss. Das macht er bestimmt. Und du bleibst bei Stefane, ja?«

»Na gut«, stimmte Tommie erleichtert zu. Während Valencia sich auf den Weg machte, räumte er ein bisschen in der Wohnung auf, staubte die Fensterläden ab, fand für Sommer etwas Milch in einer Tüte und schrubbte das Waschbecken. Er fegte auch und brachte den Müll nach draußen. Alles war ziemlich staubig und durcheinander. Hier war ja keine Mama, die auf alles achtgab. Es musste komisch sein, ohne Eltern zu wohnen. Dafür konnten die Kinder fernsehen, so lange sie wollten, dachte Tommie. Aber als er sich umsah, merkte er, dass es keinen Fernseher gab. Ziemlich laut war es auch. Er hörte nebenan kleine Kinder kreischen und einen Erwachsenen herumpoltern, in der Wohnung über ihm rannte jemand hin und her und verschob irgendetwas Schweres. Wenn jemand aufs Klo ging, rauschte es in der Leitung, und draußen ächzte rostig der Verkehr. Bei Tommie zu Hause herrschte auch keine Grabesstille, aber alles war ordentlicher, weil Mama darauf achtete. Einen kleinen Fernseher hatten sie sogar, vor dem sich immer alle drängelten, und auf dem Herd hatten sie vier Platten und nicht nur eine wie bei Stefane und richtige Betten, sogar eins zuviel, falls Papa kam.

Zwischendurch sah Tommie nach Stefane, sprach leise mit ihm und strich ihm Wasser auf die Lippen. Obwohl er Stefane ja gar nicht kannte, kam er ihm vor wie ein schweigsamer Freund. Eigentlich war es sogar nicht schlecht, dass er gar nichts sagte, so konnte ihm Tommie in Ruhe alles Mögliche erzählen.

»Die haben mich im PalmenClub rausgeschmissen«, sagte er in Stefanes geschlossenes Gesicht hinein. »Weißt du, dort, wo Anuka arbeitet. Ich kenne sie, sie kommt immer in die Küche. John gibt ihr was, ich glaube, er mag sie. Ich habe was Dummes gemacht, aber so schlimm war es auch nicht, ganz ehrlich. Oder hast du noch nie einem Mädchen hinterhergepfiffen? Na ja, dies war meine Chefin. Und es ist mir einfach rausgerutscht. Und das war's. Ungerecht, oder?« Er schaute kurz, ob Stefane nickte, aber der hielt die Augen geschlossen und schnaufte. Tommie erzählte ihm auch von dem schönen weißen Kochhemd und Eva und seinen Brüdern.

»Das Hemd, das fehlt mir am meisten«, sagte er. »Du denkst vielleicht, das sieht komisch aus, so eine weiße Uniform. Außerdem wird sie ja sowieso gleich dreckig. Aber eigentlich ist es gut. Du ziehst dich um und weißt gleich, dass die Arbeit losgeht. Und alle sehen, wohin du gehörst. Und wenn das Hemd gewaschen ist, riecht es frisch und ist so ein bisschen steif, man muss es dann bügeln, aber wir haben kein Bügeleisen, weißt du.« Und als Stefane wieder schnaufte, hatte Tommie fast das Gefühl, er hätte ihm die ganze Zeit zugehört.

Dieser Tag war besser als alle anderen, seitdem er im Palmen-Club aufgehört hatte. Die Wohnung sah jetzt viel schöner aus, so abgestaubt und ausgefegt, und er hatte sich nicht gelangweilt. Wenn Mama ihn heute Abend fragen würde, ob er viel geschafft habe, könnte er, ganz ohne zu lügen, Ja sagen. Stefane zu helfen war fast besser, als Kürbisse zu würfeln. Nur kriegte er kein Geld dafür, sonst könnte er es eigentlich immer machen. Aber dann fiel ihm ein, dass Stefane ja hoffentlich bald wieder gesund war, und dann müsste niemand mehr auf ihn aufpassen. Was Tommie dann machen sollte, darüber dachte er jetzt besser nicht nach.

Es wurde schon dämmrig im Zimmer, und Tommie setzte sich zu Stefane auf die Matratze und schloss die Augen. Er merkte, wie müde er war. Es war anstrengend, sich den ganzen Tag um jemanden zu kümmern. Sommer sprang herbei und kringelte sich auf seinem Schoß zusammen. Stefanes Wärme spürte er sogar durch die Decke. Die Geräusche im Haus waren abgeklungen, alles war

warm und still. Er lehnte den Kopf an die Wand und rutschte allmählich in einen friedlichen Halbschlaf.

Da hörte er plötzlich Schritte im Treppenhaus und schreckte
hoch. Valencia kam endlich zurück, und hinter ihr trat ein groß-
gewachsener Mann ein, mit einem Köfferchen unter dem Arm
und einem freundlichen, erschöpften Gesicht. Er schaute sich
kurz um, knipste die Lampe über dem Küchentisch an und nickte Tommie zu.

»Ist der Junge neben dir der Patient?«

»Ja, Herr Doktor«, sagte Tommie. Seine Stimme klang noch etwas verschlafen, aber dem Doktor war das egal. Er kniete sich
gleich neben die Matratze und fing an, Stefane abzuhören und zu
untersuchen.

»Habt ihr ihm die Medizin gegeben?«

»Wir haben es versucht«, erklärte Valencia, »aber seine Lippen
sind wie zugeklebt, und er schluckt gar nichts richtig runter.« Der
Doktor schob Stefane ein Fieberthermometer in die Achselhöhle
und zog ihm die Augenlider hoch. Dann zog er eine Spritze auf
und setzte sie ihm.

Die Kinder standen schüchtern hinter ihm.

»Ich musste ganz lange warten, bis ich dran war«, flüsterte
Valencia Tommie zu, »und dann konnte er noch nicht
gleich mitkommen.«

»Ist er wütend, dass er kommen musste?«, flüsterte
Tommie zurück.

110

»Ich glaube nicht«, sagte Valencia leise, »er sagt nicht viel, weißt du.«

»Wie Stefane«, sagte Tommie und musste lächeln. »Gut, dass er jetzt da ist.« Er spürte eine riesige Erleichterung, dass jemand da war, der über das Kranksein Bescheid wusste. Stefane murmelte etwas und wälzte sich unter den gründlichen Händen des Doktors auf die andere Seite.

»Es ist gut, dass ihr mich geholt habt«, sagte der Doktor leise. »Er ist sehr krank, er braucht gute Medizin.«

»Wir haben aber kein Geld«, sagte Valencia besorgt, »und seine Schwester auch nicht.«

»Seid ihr nicht seine Geschwister?«

»Wir sind seine Freunde«, sagte Tommie feierlich. Es war komisch, jemanden zum Freund zu haben, mit dem man noch nie gesprochen hatte, aber so war es. »Seine Schwester heißt Anuka. Sie muss arbeiten.«

Als hätte sie auf ihren Namen gewartet, stürzte genau in diesem Moment Anuka in die Wohnung. Als sie die vielen Leute um Stefane herum sah, blieb sie atemlos stehen und rief erschrocken: »Was macht ihr hier? Was ist mit ihm?« Der Doktor erkannte sie und lächelte ein wenig.

»Ihr seid ja ein mutiges Trüppchen. Wo sind denn eigentlich eure Eltern?«

»Wir kommen so zurecht«, sagte Valencia stolz.

»Das sehe ich«, meinte der Doktor.

»Was hat er?«, rief Anuka aufgeregt. »Ist es schlimm? Warum habt ihr den Doktor geholt?« Sie hatte noch ihr blaues Schönmacherkleid umgebunden. Anscheinend war sie gleich losgerannt, sobald es ging. Der Doktor legte Stefane eine Hand auf den Arm und schaute in die Kinderrunde.

»Ich weiß nicht, wie ihr das schafft so ohne Erwachsene«, sagte er. »Stefane braucht sein Antibiotikum, er hat eine Hirnhautentzündung, vermute ich. Ich lasse euch etwas da. Und er braucht Flüssigkeit. Allein bleiben sollte er nicht. Und wenn es schlimmer wird, sollte er in eine Klinik. Und in ein paar Tagen bringt ihr ihn noch mal bei mir vorbei. Oder ruft mich an. Schafft ihr das?« Anuka, Valencia und Tommie schauten sich an und nickten. Er schrieb seine Nummer auf ein Stück alte Zeitung und drückte es Anuka in die Hand.

»Ist es schlimm?«, fragte sie leise.

»Hattet ihr bisher Angst?«, fragte der Doktor zurück. Anuka schüttelte den Kopf.

»Dann braucht ihr jetzt auch keine zu haben.« Er stand auf und klopfte sich die Hosen ab. Langsam sah er sich in der Wohnung um. Tommie war froh, dass er ein bisschen aufgeräumt hatte. Heute war auch er ein Schönmacher gewesen.

»Hier wohnt ihr also.« Sie nickten, auch wenn es nicht ganz stimmte. Aber es war zu kompliziert, um es dem Doktor auf die Schnelle zu erklären.

»Habt ihr etwas zu essen?«

Anuka nickte wieder, obwohl sie heute nicht daran gedacht hatte, bei John die Reste abzuholen, es war einfach keine Zeit gewesen. Sie hatte alles schön gemacht und zugleich über die Lächelkönigin Valencia und Susan und Stefane nachgedacht. Ihr Kopf war so voll gewesen, dass der Gedanke an Essen nicht auch noch hineingepasst hatte. Als sie Hunger bekam, hatte sie zwischendurch beim Abräumen von den Tortenresten der Gäste genascht und einen Mandel-Kirsch-Eisbecher ausgelöffelt, den ein Kind bestellt, aber dann nur in der Sahne herumgerührt hatte.

Als der Doktor weg war und Stefane unter seiner Decke endlich ruhiger lag, setzten sie sich um den Küchentisch und erzählten sich leise, was heute alles passiert war. Anuka fand eine Packung mit Haferkeksen, die aßen sie, und Valencia hatte noch Ingwerbonbons aus dem PalmenClub in der Tasche. Sie saßen dort und redeten, wie eine kleine Familie ohne Erwachsene, und ab und zu stand einer von ihnen auf und schaute nach Stefane. Noch nicht einmal Mo war da gewesen, und trotzdem hatten sie es zusammen geschafft. Anuka schaute ab und zu unauffällig Tommie und Valencia ins Gesicht. Sie wollte sich alles an diesem besonderen Tag genau merken. Tommie und Valencia: zwei neue Freunde. Heute Morgen hatte sie Tommie noch gar nicht richtig gekannt. Irgendwann fing er an, verrückte Geschichten aus dem Palmen-Club zu erzählen. Zum Beispiel von Johns Ziege, die hinter der Küche angebunden war.

»Ehrlich?«, fragte Anuka. »Eine Ziege? Die habe ich noch nie gesehen.« Die Ziege köttelte immer ihren Ziegenmist zwischen die Mülleimer, und die Kochjungs sammelten die Köttel auf und taten sie den Gästen in die Suppe. Valencia und Anuka schüttelten sich vor Ekel.

»Aber nur den blöden Gästen«, stellte Tommie richtig. »Die denken dann, es seien Kichererbsen.«

Oder von den Kakerlaken im Keller, dort wo die großen Heizungen für den Pool und die Klimaanlage und die Lüftungsanlage waren.

»Da wuseln sie rum«, sagte Tommie, »zu Tausenden. Und wenn Susan mal einen Fehler macht, dann muss sie mit nackten Füßen dort runter.«

»Aber wer bestraft Susan, wenn sie einen Fehler macht?«, wollte Valencia wissen. »Sie ist doch die Chefin.«

Tommie erinnerte sich daran, was Mama über Chefs gesagt hatte, und zog unwillkürlich die Schultern zurück.

»Na, sie hat auch einen Chef«, sagte er. »Sie ist nur die Unterchefin. Über ihr gibt es noch den Chef von allem. Und der passt genau auf, dass sie keinen Blödsinn macht. Und wenn doch: Kakerlaken!« Sie lachten zufrieden und schüttelten sich vor Ekel.

Oder der Herr am Pool, dem sein goldenes Handy ins Wasser gefallen war. Hinterher kam nur noch Geblubber heraus, und der Herr war in seiner Badehose vor lauter Wut zwischen den Liegestühlen herumgehüpft und hatte in das blubbernde Handy hineingebrüllt. Später hatte er es ins Meer geschleudert, und ein Delfin hatte es aufgefangen, getrocknet und den Fischern geschenkt, die sich sehr über das Gold freuten und daraus Ringe für ihre Kinder schmolzen. Natürlich dachte Tommie sich das alles aus, und ihm fiel immer mehr ein. Endlich hatte er ein neugieriges Publikum. Sie kicherten und konnten sich alles genau vorstellen. Nur dass Valencia eine arbeitslose Lächelkönigin war, wusste noch niemand – außer Anuka.

Der Abend verging, Valencia und Tommie mussten nach Hause. Und vorher wollten sie überlegen, wie es morgen weitergehen sollte. Nun musste sie es sagen.

Am Tag nach dem Lächelwettbewerb hatte ich die Kurve gekriegt und mich endlich für das Kamelreiten angemeldet. Aber dann hatte ich schon in der Nacht ein ganz ekliges krampfiges Gefühl im Bauch und musste schnell aufs Klo. Das hatte ich anscheinend beim letzten Mal auch gehabt.

»Geht vielen so«, sagte Mama und gab mir feste schwarze Tabletten aus Kohle, die sollte ich kauen und schlucken. Sie schmeckten wie Staub. Auch Mama und Papa sahen etwas zerknautscht aus, vielleicht hatten sie gestern zu viele von den Palmen-Club-Hauscocktails getrunken, die mit den gezuckerten Orangenscheiben und den kleinen silbrigen Schirmchen. Früher fand ich die Schirmchen so schön, dass ich sie gesammelt und im Koffer aufbewahrt habe.

Jedenfalls war ich schlapp und nahm mir beim Frühstück nur ein Stück Weißbrot. Das Kamelreiten konnte ich vergessen. Ich konnte ja kaum jedes Mal vom Kamel springen, wenn ich musste. Außerdem gibt es in der Wüste ja auch nicht an jeder Ecke Klos.

Also legte ich mich in einen Liegestuhl und schaute mich um. Ein paar andere Kinder spielten Wasserball im Pool und feuerten sich lautstark gegenseitig an. Aber die fragten mich ja nicht, ob ich mitmachen wollte, und ins Wasser sollte ich eigentlich heute auch nicht. Keine Ahnung, wie der Tag vergehen sollte. Mama war beim Morgenyoga, und Papa arbeitete eine Runde im Apartment. Ich tat mir ziemlich leid, weil Durchfall in den Ferien unfair ist und weil gleich die Kamele ohne mich lostraben würden und weil die Kinder im Wasser sich gerade alle gleichzeitig auf den Ball stürzten und laut kreischten und lachten. Ich machte das Handy an und schob mir eine Nackenstütze hinter den Kopf, da kam Anuka an mir vorbeigelaufen. Rennen durften die Lächelmädchen doch eigentlich nicht, jedenfalls hatte ich das noch nie gesehen, sie gingen immer langsam und ordentlich. Anuka hatte kein Tablett in der Hand und kein Blöckchen, und vor allem lächelte sie nicht. Das war so ein komischer Anblick. Irgendetwas stimmte nicht, das war klar. Ob sie noch wütend war, weil sie den Lächelwettbewerb nicht gewonnen hatte? Oder ob ihr das völlig egal war? Also, mir wäre es nicht egal. Ich mag es ja schon nicht, wenn ich beim Mannschaftenwählen immer übrig bleibe. Und wenn dann noch die Chefin jemand anderen toller findet, ist das sicher noch schlimmer. Aber sie können ja auch nicht alle dauernd gewinnen. Jedenfalls rannte sie zum Pool, direkt zu all den Kindern im Wasser, und sprach dort mit ihnen. Zuerst hörte ihr keiner zu, aber auf einmal rief sie laut etwas, das ich nicht verstand, und das Wasserballspiel hörte auf. Die Kinder kamen aus dem Wasser und standen um sie herum, während sie etwas erzählte. Ich stemmte mich hoch und versuchte, ein paar Worte aufzuschnappen. Was konnte das sein? Ob sie denen ein neues Spiel erklärte? Konnten die anderen Kinder überhaupt ihre Sprache verstehen? Und warum sah sie so ernst aus? Die Lächelmädchen sprachen doch sonst nie länger mit den Gästen.

Die Kinder umringten sie und riefen alle durcheinander. Jetzt stellte sich Anuka auf die Zehenspitzen und schaute über die Köpfe hinweg, als ob sie noch jemanden vermisste. Da blitzte mir ein kleiner Schreck durch den Bauch, und der kam nicht vom Durchfall. Vielleicht war es auch eine Freude. Weil ich plötzlich merkte, dass sie mich suchte. Sie wollte mich auch dabeihaben. Dann sah sie mich in meinem Liegestuhl und winkte aufgeregt. Ich vergaß, dass meine Beine doch eigentlich weich und schlapp waren, und das Magengrummeln war mir auch egal. Schnell sprang ich auf und rannte zwischen den Liegestühlen durch zu den anderen. Anuka grinste mir zu, als hätte sie auf mich gewartet, bevor sie wieder ernst wurde.

»Was ist los?«, fragte ich. Anuka stemmte die Hände in die Hüften. Klar, sie verstand ja nicht, was ich sagte. Ein anderes Kind, das anscheinend alle möglichen Sprachen konnte, erklärte es mir.

»Ihr Bruder ist krank. Und ihre Freundin ist rausgeschmissen worden.«

»Welche Freundin?«, fragte ich. Mein Kopf war anscheinend auch ziemlich weich vom Herumkränkeln, jedenfalls hatte ich keine Ahnung, was das mit uns zu tun hatte.

»Die mit dem Lächelpreis«, erklärte der Vielsprecher. »Weißt du, die gestern gewonnen hat.«

»Aber die war doch gar nicht da«, wendete ich ein.

»Eben, und deswegen steht sie jetzt auf der Straße.«

Die anderen Kinder nickten. Anuka nickte auch, obwohl sie wahrscheinlich kein Wort verstand. Da konnte man nur hoffen, dass der kleine Vielsprecher keinen Blödsinn erzählte.

»Und was hat ihr Bruder?«, fragte ich nach.

»Irgendwas Schlimmes«, sagte der Junge, »er musste sogar zum Arzt. Wir haben die Telefonnummer«, und er wedelte mit einem bekritzelten Papierchen durch die Luft. »»Anukas Freundin hat ihm geholfen.«

»Und deswegen ist sie rausgeflogen?« Allmählich begann ich zu kapieren. Die anderen Kinder nickten.

»Und das ist alles ganz schön ungerecht«, sagte der Vielsprecher. Als ob ich das noch nicht gemerkt hätte. »Sie will etwas dagegen machen.«

»Aber was will sie denn bloß machen?«

Die Gastkinder, die Deutsch konnten, schrien alle gleichzeitig los. So musste es für Frau Gruber sein, wenn meine Klasse Krawall macht.

»Wir helfen ihr!«

»Sie hat sich was ausgedacht!«

»Aber das geht nur, wenn ganz viele mitmachen.«

Irgendwie ärgerte ich mich, dass alle schon Bescheid wussten und mir die Sache erklärten wie einem Anfänger. Dann brauchten sie mich ja wohl gar nicht. Ich war ja sowieso halb krank. Aber dann hob ich den Blick und sah Anuka. Sie schaute mich an, als käme es genau auf mich an. Und da war es auf einmal klar: Ich wollte mitmachen, egal, was der Plan war.

Sie lief los, und alle kamen mit, die großen und die kleineren, der Vielsprecher und ich, Mädchen, in Strandtücher gewickelt, ein dicker Junge im Bademantel, einer mit dem Wasserball unterm Arm. Ein anderer hatte sogar noch seine Taucherbrille an.

Anuka hatte es eilig, als wäre jemand hinter ihr her. Dabei war es ruhig und fast leer im PalmenClub, nur ein paar ältere Damen blätterten in ihren Zeitschriften. Ständig schaute sich Anuka gehetzt um und rannte fast, wir mussten uns beeilen, dass wir hinterherkamen. Ein Junge verlor seinen linken Flipflop. Hoffentlich musste ich jetzt nicht plötzlich aufs Klo. Anuka wusste genau, wohin sie wollte. Das war bestimmt ein komischer Anblick, all die Kinder, die wie eine wild gewordene Horde mit quietschenden

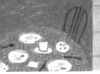

Sandalen und tropfenden Badehosen quer durch den Speisesaal galoppierten, durch das Foyer und durch einen Gang, in dem ich noch nie gewesen war, und die anderen bestimmt auch nicht. Dann standen wir vor den Schwingtüren der großen Hotelküche. Anuka winkte uns rein. Sie traute sich einfach, fast so, als wäre ihr egal, was die anderen sagen. Aber vielleicht kannte sie sich auch einfach nur hier aus.

Das Erste, was ich sah, waren die riesigen, stahlblitzenden Abzugshauben, die alle gleichzeitig über den blank geputzten Herden rauschten. Sie machten einen Krach wie das Meer im Sturm. Dann sah ich, dass schon eine Menge anderer Kinder in der riesigen Küche herumstanden. Sie redeten leise und schauten gespannt auf uns Neuankömmlinge. Manche trugen die blauen Kleider der Lächelmädchen, andere die weißen Hemden der Küchenjungen. Ein paar von den Kameljungen waren auch dabei, die konnte man an den Strohhüten und den bunten Gürteln erkennen. Ganz kurz war ich froh, dass dann ja das Kamelreiten ausfallen musste und ich gar nichts verpasste. Manche Kinder waren angezogen wie wir, mit T-Shirts, Badesachen und Flipflops. Ein Junge hatte sogar noch seine Sonnenbrille auf. Anscheinend hatte Anuka sie alle schon zusammengetrommelt. Hinten an einem großen Arbeitstisch lehnte ein riesiger Koch mit einer prächtigen hohen Kochmütze. Er hatte die

Arme verschränkt und schaute aufmerksam zu uns herüber. Gerade als ich den Vielsprecher neben mir fragen wollte, wo denn bloß all die Kinder herkamen und ob die nicht arbeiten mussten, die meisten jedenfalls, und was wir denn jetzt genau machen sollten, stellte sich Anuka in die Mitte. Von allein wurden alle still, als ob etwas in der Luft läge, wovon Frau Gruber nur träumen konnte. Anuka fing an zu sprechen, zuerst ganz leise und schüchtern. Das konnte ich verstehen, ich finde es auch immer komisch, vor vielen Leuten etwas Wichtiges zu sagen. Und wichtig musste es ja wohl sein. Der Vielsprecher stellte sich neben Anuka und übersetzte alles, was sie sagte. Jetzt fand ich ihn wieder ziemlich dumm, wie er da so bedeutsam neben ihr herumhüpfte, als wäre er die Hauptperson. Aber es war gut, dass er alles verstand und für uns auf Deutsch sagte, das muss ich schon zugeben. Sonst hätten wir keine Ahnung gehabt, was Anuka wollte.

»Sie hat uns alle geholt, weil wir ihr helfen müssen«, sagte der Vielsprecher feierlich. »Ihr kennt doch Tommie und Valencia.« Wir alle drehten uns zum Koch um. Da standen noch zwei Kinder, die mir nicht aufgefallen waren. Den Jungen kannte ich nicht. Das Mädchen war das, das den Lächelwettbewerb verpasst hatte. Sie hatten ganz normale Kleider an, aber sie sahen nicht aus wie Gastkinder. Das Mädchen hatte sehr weiße Zähne und kräftige Beine. Der Junge war dünn und drahtig und sah gespannt in die Runde.

»Tommie und Valencia haben Anukas Bruder gerettet«, rief der

Vielsprecher. Ich wünschte mir so sehr, ich könnte Anukas Sprache noch besser als er. Ich wollte für Anuka genauso wichtig sein wie er. Mindestens.

»Ihr Bruder ist krank, und sie haben ihm geholfen. Aber jetzt dürfen sie nicht mehr hier arbeiten«, übersetzte der Vielsprecher. Anuka nickte.

»Susan hat sie rausgeschmissen. Dabei ist Valencia sogar Lächelkönigin!« Ein Murmeln ging durch die Runde. Manche Kinder pfiffen, manche redeten durcheinander, bis Anuka weitersprach. Sie sprach immer noch sehr leise. Aber jetzt hörten ihr alle zu.

»Susan soll sie wieder hier arbeiten lassen. Vorher werden wir nicht mehr lächeln. Wir stellen uns einfach vorne in die Eingangshalle, ohne zu lächeln. Mal sehen, was sie dann machen. Aber wir müssen richtig viele sein, sonst passiert gar nichts.«

Die Kinder standen da und überlegten. Mir lief eine Gänsehaut über die Arme, so wie immer, wenn etwas vielleicht gut, aber vielleicht auch schlecht ausgehen kann. Ich versuchte, mir das alles vorzustellen: die Kinder in der Eingangshalle, ganz viele, ganz still, und niemand lächelte. Susan, die Lächelchefin, würde platzen vor Wut. Und was sie dann tun würde, konnte ich mir nicht richtig vorstellen. Ich schaute zu Anuka hinüber. Sie sah auf einmal aus, als hätte sie überhaupt keine Angst. Dabei war sie schmal und klein und reichte Susan sicher noch nicht mal bis zur Schulter.

Auf einmal räusperte sich der Koch, der sich bisher noch gar nicht eingemischt hatte. Alle drehten sich zu ihm um. Mit seiner tiefen, langsamen Stimme sagte er auf Englisch, und komischerweise verstand ich jedes Wort: »Da wird schon was passieren, Anuka. Wenn viele mitmachen. Wer macht mit?«

Ich dachte alles Mögliche auf einmal. Ob der Koch nicht richtig schlimmen Ärger mit Susan kriegen würde? Durfte er einfach zu den Kindern halten? Und was war, wenn niemand mitmachen wollte? Und was würden Mama und Papa zu der ganzen Sache sagen? Ob Susan alle aus dem Hotel schmeißen würde und der Urlaub dann zu Ende wäre? Und wenn Anuka Ärger bekäme, was wäre dann? Und woher nahm sie ihren Mut?

Einen Moment lang blieb es noch still. Alle schauten vor sich hin und überlegten und warteten. Die hatten bestimmt die gleichen Gedanken wie ich. An der Decke rauschte die Klimaanlage, und draußen hörte ich einen Rasenmäher dröhnen. Komisch, dass mir solche unwichtigen Sachen überhaupt auffielen. Ich dachte auch noch, ich habe ja gar keinen Durchfall mehr. Und dann, ganz plötzlich, hob ich die Hand. Eigentlich ging sie von allein hoch. Und gleichzeitig flogen mir die ängstlichen Fragen aus dem Kopf und verschwanden in der Klimaanlage. Es war doch ganz einfach.

Anuka nickte mir zu. Da hoben auch alle anderen Kinder die Hände, die Lächelmädchen, die Küchenjungen, die Kinder vom Pool in ihren Badehandtüchern, der Junge mit der Sonnenbrille im Haar, und wir lachten und riefen alle durcheinander.

»Alle zusammen!«

»Die sind unfair!«

»Valencia soll zurückkommen!«

»Anuka, Anuka!«

Anuka sah verlegen zu Boden. Dann hob sie den Blick und fing langsam an zu strahlen. Mit Lächeln hatte das nichts zu tun, sie strahlte wie die Lichterkette am Pool – von einem Ohr zum anderen! Und sie steckte alle an.

Auch Valencia und Tommie grinsten und nickten sich zu. Der Koch legte jedem von ihnen eine Hand auf die Schulter. Langsam drängten wir uns zu einer großen Menge zusammen. Es fühlte sich an wie eine Mannschaft, dabei war ja keiner gewählt worden. Oder Anuka hatte uns gewählt. Auch mich hatte sie gewählt. Ich schob mich ein bisschen nach vorne, bis ich direkt neben ihr war.

Wir würden es versuchen. Und zwar jetzt. Sofort.

Honigfarbenes Licht lag über dem PalmenClub. Die Gäste lagen am Pool, bliesen auf ihren heißen Cappuccino oder lasen in der Eingangshalle in Ruhe die Zeitungen, die auf kleinen Tischen neben den gemütlichen Clubsesseln lagen. Der Marmorboden glänzte frisch poliert, und an der Rezeption sprach Bob leise ins Telefon. Alles war wie immer.

Da öffnete sich die Schwingtür zum Küchentrakt. Bob hob den Kopf und schaute neugierig herüber.

»Aber hallo«, murmelte er überrascht. Durch die Tür schoben sich Kinder, immer mehr Kinder. Sie gingen langsam und schweigend, mit hoch erhobenen Köpfen hintereinander, eins und noch eins und immer mehr.

»Moment, Kinder«, rief Bob, »was ist hier los? Wenn ihr Fußball spielen wollt, geht bitte raus!« Aber die Kinder schienen ihn gar nicht zu hören. Mit hoch erhobenen Köpfen spazierten sie an der Rezeption vorbei, direkt in die Halle.

»Das ist ja auch nicht die feine Art«, brummte Bob und griff zum Telefon, um Susan Bescheid zu geben.

Die Gäste in den Sesseln ließen schon die Zeitungen sinken. Susan würde es sicher nicht passen, dass die Kinder mitten in der Halle eine Party machen wollten. Dabei waren sie mucksmäuschenstill. Flüsternd verteilten sie sich zwischen den Palmen und den großen Vasen, neben den Sitzgruppen und bis zur Drehtür. Auf einmal war die ganze Halle voller Kinder. Niemand lachte, kein Wort war zu hören, nur ein gedämpftes Schieben und Rascheln, bis alle ihren Platz gefunden hatten. Gastkinder, Schönmacherinnen, Kochjungs und Kameljungs – da standen sie, still und gespannt. Und ganz ernst.

Ich stand direkt neben Anuka. Die anderen hatten sich überall in der ganzen Halle verteilt, aber ganz klar gehörten wir alle zusammen. Zuerst schauten nur die Zeitungsleser neugierig von ihren Sesseln aus herüber, was wir da machten. Sie setzten ihre Lesebrillen ab und starrten uns an. Der Aufpasser an der Rezeption telefonierte. Und dann wurde es allmählich voll. Manche kamen vom Pool herübergeschlendert, die Badetücher um die Hüften gewickelt. Die dachten wahrscheinlich, wir wollten ein Spiel machen. Andere trugen ihre Badetaschen durch die Halle und verdrehten die Köpfe nach uns. Mamas und Papas suchten ihre Kinder und blieben wie angewurzelt stehen, als sie uns sahen. Und alle fingen an zu raunen und zu murmeln und die Köpfe zu schütteln.

Da kam Mama zusammen mit anderen Frauen aus dem Sportraum, sie hatte ja ihr Morgenyoga gehabt. Ich zog ein bisschen den Kopf ein. Sofort sah sie mich.

»Philip? Was ist los?«, rief sie quer durch die ganze Halle. »Wieso stehst du da herum? Wer sind die anderen Kinder?« Auch zwei andere Frauen hatten ihre Kinder in der großen Schar entdeckt.

»Ist das ein Spiel? Wo ist euer Betreuer?«

Aber keiner antwortete. Wir standen nur da, ohne ein Lächeln, still und ernst. Immer mehr Gäste drängelten sich um uns.

»Was soll der Quatsch?«

»Ist das ein neues Angebot?«

»Warum sind die so ernst? Die sehen ja so aus, als hätten sie gerade ihre Zahnspangen verloren.«

»Vielleicht ist es ein Theaterstück!«

»Gibt es ein Problem?«

Da kam Susan herbeigeeilt. Ihre hohen Schuhe hallten auf dem Marmor. Sie lächelte wie wild, klatschte in die Hände und lief kopfschüttelnd auf uns zu, als wären wir Hasen oder Streunerkatzen, die sie wegjagen könnte. Aber ihr Lächeln sah wacklig aus, und ihr Kinn zitterte vor Wut. Die ersten Gäste begannen, Fotos zu machen.

»Kinder, was soll das werden?«, rief Susan und drehte sich zu den ganzen Gästen um, die dastanden und starrten, wie Publikum im Theater.

»Die kleinen Gäste haben anscheinend etwas Besonderes vor«, sagte Susan, »na, was steht heute auf dem Programm? Wollt ihr uns etwas vorsingen?« Wahrscheinlich dachte sie, mit einem Witzchen würde sich alles wieder einrenken. Aber wir rührten uns nicht und verzogen keine Miene. Niemand kicherte oder prustete los. Ernst starrten wir zurück und bewegten uns nicht vom Fleck. Das machte Susan noch viel wütender. Sie klatschte noch einmal in die Hände.

»So, Kinder, ich denke, das reicht«, rief sie mit einer hohen, schrillen Stimme, »ich sehe, einige unserer Schönmacherinnen haben sich dazugestellt. Husch husch, zurück an die Arbeit, Mädels. Und in der Küche gibt es ja sicher auch genug zu tun. Danke, meine Damen und Herren, und einen entspannten Vormittag wünsche ich Ihnen weiterhin!« Sie fuchtelte herum und machte scheuchende Bewegungen mit den Armen. Dann erkannte sie Valencia und lief zu ihr. Sie zischte etwas, das ich nicht verstand. Valencia sah ihr ruhig in die Augen, und wir anderen rückten näher. Der Vielsprecher und der Junge mit dem Wasserball stellten sich direkt vor Valencia. Susan sprang drei Schritte zurück.

»Ich weiß nicht, was das werden soll«, sagte sie laut, »aber lassen Sie sich nicht stören, liebe Gäste, die Kinder werden gleich wieder an die Arbeit gehen oder in ihre Gruppen. Ich meine, jedenfalls werden sie verschwinden.« Sie hatte sich verhaspelt und fing an zu schwitzen, ich konnte es genau erkennen. Mir war auch schon ganz heiß. Etwas musste jetzt passieren. Die Erwachsenen redeten durcheinander, Susan drehte fast durch, und eine Spannung war in der Halle, die glühte in meinem Gesicht wie ein Sonnenbrand. Die wussten ja nicht, was wir machten. Wir mussten etwas sagen. Ich schaute hinüber zu Anuka, aber sie biss sich auf die Lippen, ich weiß nicht, ob sie sich auf einmal doch nicht mehr traute oder ob sie losheulen wollte.

Da machte ich einen Schritt nach vorne. Nun stand ich allein vor den ganzen Leuten. Es waren richtig viele. Hinter mir standen Anuka, mit ihrem kranken Bruder, und Tommie und Valencia ohne Arbeit, und um uns herum war alles so schick und prächtig, all die Urlauber, und die hatten keine Ahnung, auch Mama und Papa nicht. Da redete ich einfach los.

»Wir lächeln nicht mehr«, sagte ich. Es kam lauter heraus als geplant, aber es klang gut.

»Und wir spielen auch nicht mehr und gehen nicht mehr zum Kamelreiten und kicken keine Bälle mehr.«

Von hinten trat jemand neben mich. Es war Anuka. Einen Moment lang hatte ich Sorge, dass der Vielsprecher jetzt gleich noch einen großen Auftritt hinlegen würde, aber eigentlich war es mir auch egal. Ich sprach einfach weiter.

»Und die Mädchen machen nichts mehr schön«, sagte ich. »Weil es nicht schön ist.«

Die Erwachsenen in der Halle starrten uns entgeistert an. Manche murmelten unruhig durcheinander. Ich sah direkt in Mamas erstaunte Augen.

»Anukas Bruder ist krank, und sie kann sich nicht um ihn kümmern, weil sie arbeiten muss. Valencia und Tommie wollten ihr helfen und sind rausgeschmissen worden. Wir wollen, dass sie alle weiter hierbleiben können«, sagte ich laut und kräftig und merkte bei jedem Wort, dass ich es genau so meinte. Ich schaute hinüber zu Anuka, aber sie schwieg.

Auf einmal war es sehr still. Man hörte nur das Rauschen der Klimaanlage und das Klicken einer Kamera. Susan starrte Anuka und mich an. Auf einmal tat sie mir fast leid. Auf ihrer Nase waren kleine Schweißperlen. Ihr einer Arm hing herunter, als wäre er aus Pappe, mit dem anderen wischte sie sich ständig über die Stirn. Irgendwas musste sie jetzt sagen.

Da rief plötzlich John laut von hinten:

»Ja, lassen Sie die Kinder wieder hier arbeiten.«

Er hatte den Bann gebrochen. Auf einmal riefen alle laut durcheinander.

»Das gibt es doch nicht!«

»Wieso wird denn niemand informiert?«

»Valencia, die Lächelkönigin!«

»Tommie, wer ist Tommie?«

»Lasst sie doch arbeiten!«

Susan war auf einmal verschwunden. Und wir hörten auf. Alle liefen zu ihren Eltern und kriegten Fragen um die Ohren geschleudert. Ich glaube, der Vielsprecher bekam sogar Ärger, jedenfalls schnappte ich ein paar scharfe Worte auf, als ich hinüber zu Mama ging. Und Mama machte etwas Komisches: Sie legte einen Arm um mich und strich mir über die Haare. Das finde ich ja eigentlich schrecklich. Aber in dem Moment war es genau richtig. Die Kochjungs rannten hinüber zu John, Tommie war auch dabei. John winkte sie in die Küche. Ich sah noch, wie er Tommie zuzwinkerte und ihm rasch die Hand auf die Schulter legte. Die Kameljungs verzogen sich nach draußen, wo die Kamele angebunden warteten. Ob ich dazu jetzt überhaupt noch Lust hatte, musste ich mal sehen. Und die Schönmacherinnen standen um Anuka und Valencia herum und riefen wild durcheinander.

»Was meinst du, was jetzt passiert, Mama?«, fragte ich und duckte mich unter ihrer Streichelei weg. Sie ließ den Arm sinken und schaute mich nachdenklich an.

»Gute Frage«, sagte sie. »Aber egal, was passiert, ihr habt einen tollen Anfang gemacht.«

Ich dachte nach. Eigentlich war doch die Sache so klar: Alle hätten wieder Arbeit, Susan wäre nicht mehr so streng, und Stefane würde wieder gesund.

»Jetzt sind eben die Erwachsenen dran«, meinte Mama. »Da muss man noch ein bisschen Druck machen. Hast du eigentlich noch Durchfall?«

Völlig vergessen. Ich hatte einfach keine Zeit gehabt, noch daran zu denken.

»Ich glaube, der ist weg«, sagte ich.

Anuka und Valencia schauten sich an. Valencia atmete tief durch.

»Weißt du was? Wir waren gut! Richtig gut!«

Sie grinsten sich an.

»Wo ist denn Susan?«, fragte Anuka. »Ob die jetzt kapiert hat, dass sie besser mit uns umgehen muss?«

»Ich habe keine Ahnung«, seufzte Valencia und schaute eine Weile nachdenklich den Gastkindern und Eltern zu, die sich aufregten und ihre Kinder umarmten und Fotos herumzeigten, als hätten sie ein Weltwunder erlebt. Der Junge, der eben die Rede gehalten hatte, winkte zu ihnen herüber. Sie winkten zurück.

»Und der war auch gut, dieser Philip«, sagte Anuka.

»Hast du etwa verstanden, was er gesagt hat?«, fragte Valencia.

»Kein Wort«, gab Anuka zu, und sie kicherten.

»Und jetzt?«, fragte Valencia.

»Na, jetzt machen wir alles schön«, sagte Anuka.

»So wie immer, meinst du?«

»So wie immer«, sagte Anuka und hielt Valencia das blaue Kleid hin. Valencia wischte ihr mit dem Staubwedel durchs Gesicht.

»Bei dir fange ich gleich mal an.«

Sie zogen sich um. Die anderen Schönmacherinnen hatten auch schon wieder losgelegt. Es war seltsam, nach der großen Geschichte einfach weiterzuarbeiten so wie immer. Aber genau deswegen hatten sie ja alles gemacht.

»Wie immer«, sagte Anuka noch einmal leise. Und dann sagte sie noch: »Fast. Fast so wie immer.« Aber da hörte Valencia schon nicht mehr zu.

Tommie lief hinter John her in die Küche. Die anderen Kochjungs hatten schon wieder angefangen, Zwiebeln zu hacken und Salat für das Mittagsbuffet zu waschen. Auch John ging sofort hinüber zur Tiefkühltruhe und begann, Beutel mit eingefrorenen Krabben herauszuheben. Tommie stand mitten in der riesigen Küche und schaute sich um. In den großen Pfannen dampfte das Öl. Der Duft von zerhackten Kräutern und geschmortem Fleisch lag so schwer in der Luft, dass Tommie am liebsten etwas davon genascht hätte. Aber er rührte sich nicht. Schließlich hatte ihn niemand eingeladen, und nur vom Herumstehen in der Halle mit

Anuka und den anderen würde sich die Welt nicht gleich ändern, nicht für Tommie. Da rief John laut und ärgerlich: »Tommie, nicht träumen. Kannst du endlich anfangen, oder brauchst du eine Einladung?« Vielleicht hatte er Tommies Gedanken gelesen. Jedenfalls warf er ihm einen Beutel mit Krabben zu, als ob klar wäre, was Tommie damit tun sollte. Es war ja eigentlich auch klar. Er sollte die Beutel aufreißen, die Krabben in dem riesigen Sieb abbrausen und dann in Knoblauch und Ingwer anbraten. Das hatte er schon oft gemacht. Und jetzt würde er es wieder machen.

»Ich mache das jetzt einfach mal«, sagte er leise zu sich selbst, aber John hatte ihn gehört.

»Endlich mal eine gute Idee«, brummte er und knallte den Deckel der Tiefkühltruhe zu. Tommie musste lächeln, ob er wollte oder nicht.

Stefane öffnete die Augen. Die Sonne schien ins Zimmer, und das Licht war so grell, dass er sich die Hand über die Augen legte. Er wusste nicht, warum es frühmorgens schon so heiß und hell war. Hatte er etwa verschlafen? Und wo war Anuka? Er wollte den Kopf heben, aber es war so, als drückte ihn jemand mit aller Kraft zurück in die Kissen. Sein Kopf war so schwer, eine große, überreife Wassermelone. Seine Hände lagen auf der Decke, als gehörten sie jemand anderem.

»Hei, Anuka«, rief Stefane, ohne sich zu bewegen, »komm her, Anuka!« Er lauschte, aber niemand antwortete. Bestimmt war Anuka schon im PalmenClub, und er hatte verschlafen. Warum hatte sie ihn denn nicht geweckt? Seine Augen waren verklebt, sein T-Shirt durchgeschwitzt. Da hörte er ein leises Maunzen und freute sich. Wenigstens Sommer war bei ihm, auch wenn er ihn nicht sehen konnte. Er versuchte, sich langsam auf die Seite zu drehen. Diesmal ging es. Drüben am Fenster stolzierte Sommer über die Herdplatte und rieb sich am Fenstergriff. Plötzlich sah Stefane alles ganz scharf: Sommers weißes struppiges Fell, jedes einzelne Haar, die rosa Haut in seinen Ohren, den Staub im Sonnenlicht, die Krümel auf dem Fußboden. Auf dem Tisch waren heruntergebrannte Kerzen und leere Reisschalen. Er wusste nicht mehr, ob sie gestern Abend etwas gegessen hatten. Eigentlich wusste er nur, dass er irgendwann auf der Matratze eingeschlafen war und dass sich in seinem Kopf ein Schmerz wie brennende Watte breitgemacht hatte. Durst hatte er, und der Hunger grummelte in seinem Magen. Sommer sprang vom Herd und tänzelte zu ihm herüber. Laut schnurrend stieß er ihm den Kopf an die Schulter.

»Du kleiner weißer Mops«, sagte Stefane zärtlich, »ich steh gleich mal auf und geb dir was, du hast bestimmt auch Durst.« Ganz vorsichtig und langsam wie ein alter Mann setzte er sich auf. Gleich zuckte es heftig vor seinen Augen und hinter seiner Stirn, ein Gewitter im Kopf, und er presste die Augen zusammen und sank wieder auf die Matratze.

»Mich hat's ganz schön erwischt«, sagte er zu Sommer, der ihm mit halb geschlossenen Augen zuschaute, »ich kann ja noch nicht mal aufstehen, glaubst du das?« Da sah er neben sich auf dem Boden ein Glas Wasser, eine Packung mit Medikamenten und einen Zettel. Er trank einen großen Schluck, dann las er langsam den Zettel.

3 x, stand darauf, und mit ganz großen krakeligen Buchstaben: ANUKA.

Er würgte eine Tablette herunter und versuchte, sich ans Kranksein zu erinnern.

»Keine Ahnung«, sagte er leise zu Sommer, »wie lange hab ich das denn schon? Und woher hat sie die Tabletten? Du weißt es auch nicht, hm?« Er war erschöpft, als hätte er in der Schule drei Stunden gelernt und dann noch auf dem Markt Kisten geschleppt. Sein Wassermelonenkopf war schwer und heiß. Die Wärme im Zimmer hüllte ihn ein und legte sich auf seine Augen, und er rollte sich zusammen. Es war ganz still.

»Noch ein bisschen ausruhen«, murmelte er in Sommers Fell, »bis Anuka wieder kommt.« Dann schlief er wieder ein.

Kamelreiten habe ich dann in den Ferien nicht gemacht. Irgendwie hatte ich keine Lust mehr dazu. Außerdem war nach unserer Sache mit Anuka viel mehr los im PalmenClub. Wir kannten uns ja jetzt alle, und wenn die anderen Wasserball spielten, holten sie mich immer ab. Zum Kicken wollten sie mich auch mitnehmen, aber das haben sie dann doch wieder bleiben lassen, als sie merkten, wie schlecht ich war, bei aller Liebe. Mit dem Vielsprecher habe ich mich noch richtig angefreundet. Er heißt Ole. Wir schreiben immer noch ab und zu, obwohl die Ferien ja jetzt schon wieder länger rum sind. Aber mir kommt es vor, als war es gerade eben erst. Ich hatte damals noch eine richtig gute Idee. Mit Mama und Papa haben wir oft darüber geredet, ob sich jetzt im PalmenClub alles ändert und ob Valencia und Tommie und Anuka keine Angst mehr vor Susan haben müssen. Mama hatte da so ihre Zweifel.

»Wenn wir wieder alle abgedampft sind«, meinte sie, »dann schaut ihr keiner mehr auf die Finger, und wer weiß, ob sie es dann nicht an den Mädchen auslässt.«

Da fiel mir ein, dass wir doch die Telefonnummer von diesem Doktor hatten. Ole hatte den Zettel aufbewahrt, auf den Anuka die Zahlen gekritzelt hatte. Und ich konnte endlich mal mein Handy für eine gute Sache benutzen.

»Wir könnten den mal anrufen«, sagte ich zu Ole. »Der wohnt doch hier in der Gegend. Vielleicht kann der mal mit Susan reden, oder mit Susans Chef, und ein bisschen nach der Sache schauen.« Ich brauchte dafür Ole, der dem Doktor das alles erklären sollte. Das machte er auch, ich weiß ja nicht, was er sagte, aber es dauerte ziemlich lange, und er ging mit meinem Handy am Ohr hin und her wie ein Politiker und nickte ernst. Er muss wohl das Richtige gesagt haben. Jedenfalls kam am nächsten Tag, als wir gerade mit gewaschenen Haaren und frisch eingeölt zum Abendessen wollten, dieser Doktor in den PalmenClub. Er war riesig und trug ein Hemd mit dunkelroten Papageien.

Eigentlich sah er nicht aus wie ein Doktor, sondern wie einer, der hier Urlaub machen wollte. Er wartete an der Rezeption auf Ole und mich. Und meine Eltern warteten, was nun schon wieder los war.

»Wo ist denn Anuka?«, fragte der Doktor mit seiner tiefen Stimme. »Wie geht es ihrem Bruder?« Wir wussten nicht, wo sie war, wir sahen sie jetzt nicht mehr so oft. Ich konnte ja auch nicht mit ihr reden. Und zum Spielen hatte sie keine Zeit. Wenn sie am Pool arbeitete, winkten wir uns immer zu. Aber auf keinen Fall sollte sie mir irgendetwas bringen, das wollte ich nicht mehr. Dass Stefane wieder gesund war, hatte sie Ole erzählt.

Mama und Papa kamen dazu und schüttelten dem Doktor die Hand. Als dann noch Susan herbeizitiert wurde, war es eine richtig große Runde. Sie setzten sich ohne uns nach draußen an den Pool, um alles zu besprechen, und eins von den Mädchen brachte ihnen Cocktails, es war aber nicht Anuka.

Schon komisch, dachte ich, sie reden über die Mädchen und werden dabei von denen bedient. Das sagte ich auch zu Ole, und wir schüttelten beide den Kopf und starrten durch die Flügeltür auf die Runde.

»Susan lächelt ja gar nicht«, sagte Ole und verrenkte sich den Kopf, um alles im Blick zu behalten.

»Und sie redet sogar mit dem Doktor«, rief ich, »ob sie etwas ändern?«

»Haben sie doch schon«, meinte Ole. »Valencia und Tommie und Anuka sind wieder da.«

»Ob Susan das jetzt auf einmal gut findet?«

Ole zuckte mit den Schultern.

»Na ja«, sagte ich, »aber eins ist klar: Ohne uns säßen sie jetzt nicht da.«

Und das denke ich immer noch.

Und damit ich das nicht vergesse, wollte ich es einfach mal aufschreiben. Dann weiß ich es nächstes Jahr und übernächstes Jahr auch noch. Ich hoffe ja, dann fahren wir noch mal in den Palmen-Club. Mama hat gesagt, eigentlich müssten wir bald noch mal hin und nachschauen, was die alle machen. Papa meinte, aber nur, wenn er bis dahin im Lotto gewinnt. Das kann also noch ein Weilchen dauern. Bis dahin kann ich vielleicht auch schon mehr Sprachen und mit Anuka reden, wenigstens ein paar Worte. Wenn sie dann noch da ist. Aber das glaube ich schon.

Jedenfalls werde ich Frau Gruber die ganzen Seiten, die ich jetzt vollgetippt habe, am besten gar nicht zeigen. Es ist ja viel zu lang geworden, und sie meinte bestimmt etwas anderes, nicht so eine komische Geschichte von Kamelen und Durchfall, Handys und Schönmachen. Und von Anuka. Und mir.

ANNETTE PEHNT, geboren 1967 in Köln, lebt als Autorin mit ihrer Familie in Freiburg. 2001 veröffentlichte sie ihren ersten Roman; seither erhielt sie zahlreiche Auszeichnungen, u. a. den Italo-Svevo-Preis, den Solothurner Literaturpreis und den Hermann-Hesse-Literaturpreis.

Bei Hanser erschien 2013 ihr Kinderbuch *Der Bärbeiß*, gefolgt von *Der Bärbeiß – Herrlich miese Tage* (2015), ebenfalls mit Bildern von Jutta Bauer.

JUTTA BAUER wurde 1955 in Hamburg geboren und arbeitet ebendort als Illustratorin, Autorin, Cartoonistin und Trickfilmerin. Neben anderen Auszeichnungen erhielt sie den Troisdorfer Bilderbuchpreis, den Deutschen Jugendliteraturpreis für ihr Bilderbuch *Schreimutter* sowie den Sonderpreis des deutschen Jugendliteraturpreises für ihr Gesamtwerk. 2008 wurde sie für den Astrid-Lindgren-Gedächtnispreis nominiert und 2010 mit der international höchsten Anerkennung im Kinder- und Jugendbuch ausgezeichnet: dem Hans-Christian-Andersen-Preis.

»Die Geschichte von der Erschaffung der Welt, verständlich und spannend erzählt – ein Klassiker der preisgekrönten Autorin Jutta Richter.«

Sie sitzen in Opas Schuppen. Der zugelaufene Hund und die beiden Kinder Prinz Neumann und Lotta. Der Hund erzählt eine Geschichte, denn dafür gibt's leckere Hähnchenhaut und einen warmen Schlafplatz. Der Hund erzählt von G. Ott, dem großen Erfinder. Und von Lobkowitz, der der beste Freund von G. Ott war. »Geht nicht, gibt's nicht!«, war dessen Motto, und G. Ott wurde nicht müde, die Welt zu erschaffen. Doch dann gab es Streit und G. Ott hat Lobkowitz aus seinem Garten geworfen. Obwohl sie eine so enge Freundschaft hatten. Klarer Fall: Lotta und Prinz Neumann müssen etwas unternehmen!

»Ein kleines Buch vom Glück und Unglück dieser Welt. Ein Glücksfall und Weltbuch für alle.« *DIE ZEIT*

»In herzzerreißend anschaulicher Weise weckt Jutta Richter die Neugier für die Ursprünge unseres Seins« *Neue Zürcher Zeitung*

»Brilliant gemacht und wunderschön dazu.« *Die Welt*

Jutta Richter
Der Hund mit dem gelben Herzen oder Die Geschichte vom Gegenteil
Mit s/w-Vignetten von Susanne Janssen
112 Seiten. Gebunden

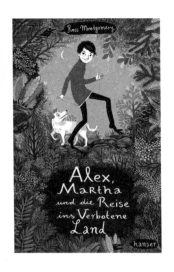

»Ein Buch voller Witz und Überraschungen, geeignet für alle, die es gern gruselig, witzig und auch tiefsinnig haben.«

Radio Mikro (Bayern 2)

Seit Jahrhunderten versuchen Menschen herauszufinden, was im Zentrum des Verbotenen Landes liegt. Bisher sind alle Expeditionen gescheitert. Doch nun kommt Alex! Eigentlich ist Alex nicht der Typ für Abenteuer. Doch als sein Vater untertaucht, gerät sein Leben aus den Fugen. Plötzlich sind der böse Davidus Kyte und seine Handlanger hinter ihm her, denn Davidus hat den Verdacht, dass Alex und sein Vater heimlich eine neue Expedition vorbereiten. Es beginnt eine völlig verrückte Verfolgungsjagd. Nur gut, dass Alex nicht allein ist: Martha mit den falschen Zähnen und der Hund mit der Augenklappe, mit denen ihn eine tiefe Freundschaft verbindet, sind auf seiner Seite.

»Der Autor baut geschickt Spannung auf, indem er die Figuren immer wieder in neuem Licht erscheinen lässt. Niemand ist vollkommen gut oder vollkommen böse.«
Neue Zürcher Zeitung

»Ein abgedrehtes Abenteuer, in dem es vor skurrilen Ideen und Figuren nur so wimmelt. Der extrem bunte Mix aus britischem Humor und magischen Elementen, aus Schaudern und Mitfiebern machen aus dem Erstlingswerk ein ungewöhnliches und hochgradig spannendes Lesevergnügen.« *Eselsohr*

Ross Montgomery
Alex, Martha und die Reise ins Verbotene Land
Aus dem Englischen von André Mumot
336 Seiten. Gebunden.
Auch als **e**-Book lieferbar

1 2 3 4 5   20 19 18 17 16

ISBN 978-3-446-25088-8
© Carl Hanser Verlag München 2016
Alle Rechte vorbehalten
Umschlaggestaltung:
Stefanie Schelleis, München © Jutta Bauer
Satz im Verlag
Druck und Bindung: TBB, a.s., Banská Bystrica
Printed in Slovak Republic

MIX
Aus verantwortungs-
vollen Quellen
FSC
www.fsc.org   FSC® C022120